Tiara Label

ティアラ文庫

高潔すぎる騎士団長ですが
新妻への独占欲を我慢できない

舞 姫美

プランタン出版

Contents

※本作品の内容はすべてフィクションです。

第一章　出会いは浴場ハプニングで

汗と土埃で汚れた身体と髪を洗ったあと、自邸の庭に造った温泉に入る。少しぬるめの湯は、畑仕事の疲れをゆっくりと吸い取ってくれた。シャノンは気持ちよさに大きく息を吐きながら両腕を空に伸ばし、石でできた露天風呂の縁に頭を乗せた。

見上げた空は雲一つなく、一番星の煌《きら》めきが見え始めている。夜の一歩手前——オレンジからネイビーブルーのグラデーションに変わっていくこの時間帯が、一番好きな空色だった。

大陸の半分以上を占めるダルトン王国、その最北に位置するサマーへイズ領は、あちこちに源泉を有する温泉地だ。自然豊かな農耕地でもあり、王国の食糧庫を担っている。

シャノンの一族、サマーへイズ伯爵家はこの地を国王より封ぜられ、運営している。民のすべてが顔なじみのような素朴な領地だが、温泉が養生にいいとして貴族たちの主要な

る領地だ。

聞こえはいいが、実際は辺境、田舎、と王国中心地に住まう貴族たちなどからは蔑まれる領地だ。

だが、シャノンはまったく気にしていない。自分の生活する土地も、そこに住まう温かな人柄の民も、大好きだ。

一族はこの地を代々守り、民を大切にしてきた。跡継ぎ令嬢として、彼らに恥ずかしくないようにしたいといつも思っている。

——五年前、致死率の高い病が大陸全土で流行《はや》った。シャノンの両親は感染を恐れず、民のために領主としてどうするべきかを常に考え、彼らに寄り添い——そして感染に至って他界した。

両親の死を皆が嘆き、悲しみ、葬儀には動ける者全員が参列したほどだった。民は両親を敬愛し、その娘であるシャノンを愛しんでくれる。

今は、隠居し、流行り病の難を逃れた祖父が復帰し、シャノンが夫を迎えるまで領主でいてくれるという。だが、祖父もそれなりに高齢だ。あまり負担を掛けたくなかった。だからできる限り祖父の補佐をして過ごしている。

収穫のこの時期、サマーヘイズ領では大人も子供も畑仕事に駆り出される。流行り病で働き手が減ったこともあり、シャノンも進んで手伝った。おかげで今日の分の収穫は、明日に繰り越すことなく無事に終わった。とても疲れたが、心地よい疲労だ。

サマーヘイズ領の温泉は、疲労と傷の回復によく効く。ゆっくり浸かって汗を流せば、また明日も元気に働ける。

「……いい気持ち……」

身体が芯から温まり、そろそろ出ようかと立ち上がる。

がさり、と茂みが不自然に揺れたのは、その直後だった。腰まで届く、柔らかなウェーブを描く髪を両手で軽く絞りながら、何気なくそちらを見やる。

田舎なので、癒やしを求める野生の小動物が露天風呂に闖入《ちんにゅう》してくることはしばしばあった。この間は狸《たぬき》の親子が入ってきた。その類いだろうと思い、窘《たしな》めの言葉を口にする。

「我が家の温泉を気に入ってくれるのは嬉しいけれど、あなたたちには人が立ち入れない森の温泉があるでしょう？　そちらに入ってゆっくり、し、て……」

だがそこにいたのは森の住人ではなく——一人の男、だった。

歳の頃は三十代に入った頃合いだろうか。入浴のために、全裸だ。鍛えられ、無駄な筋肉一つない引き締まった身体をしている。全身のあちこちに傷痕があり、特に右の脇腹辺りに斜めに走ったそれがひときわ目を引いた。まだ完治はしていないようだ。

陽に焼けた健康的な肌と、こざっぱりと切り整えている艶のある黒髪、息を呑むようにしてこちらを見つめる切れ長のアイスブルーの瞳は、冬の湖面を思わせる美しい色合いをしている。以前、両親とともに王都見物の旅行をしたときに王立美術館で見た、著名な彫刻家が造った戦の男神像のようだ。

(なんて……素敵な人……)

ぼうっと見惚れたまま、動くことができない。彼もまた、軽く瞠った瞳でこちらを食い入るように見つめている。

しばしの沈黙が両者の間に横たわる。やがて、薄く形のいい唇が小さく動いた。

「……天使、か……?」

低く深みのある声だ。その声で我に返った。

(……お、お、おと、男の……ひ、と……っ!!)

羞恥で全身が瞬時に真っ赤になる。直後、彼の股間に目が行ってしまい、初めて男性器を目の当たりにして意識を失いかけた。……彫刻像はその部分を上手い具合に布で隠してあったのだ!

ふらついて倒れそうになる。いち早く気づいた彼が素早く動き、シャノンを抱き支えた。

「大丈夫か!?」

左腕一本で、支えられる。力強い仕草にドキリとすると、頼りがいのある胸板に乳房がむぎゅっ、と押し潰されるほど抱き寄せられた。

異性の身体と——しかも全裸と密着するなど初めてで、どうしたらいいかわからない。

このまま意識を失ってしまおう！　と妙な決断を下した直後、屋敷内が一気に騒がしくなり、その喧噪がこちらに接近してきた。

彼が、形のいい眉を寄せる。震え上がってしまいそうなほど厳しい表情になるものの、そんな顔も整っているためか威厳に満ちていた。横顔に見惚れたあと我に返り、慌てて離れようとする。

だが彼の腕に力が籠り、さらにきつく抱き締められた。

「何か起こっているようだ。離れない方がいい」

「……あ、あの……あの、でも私たち、は、は……裸、で……！」

ドカッ、と露天風呂の入口の扉が蹴破られ、衝立《ついたて》が踏み潰される。何事!?　と目を剝くと、目の前に牡鹿《おじか》の前足が迫った。

声にならない悲鳴を上げて、思わず彼にしがみつく。シャノンを抱き支えたまま彼はアイスブルーの瞳を鋭く光らせる。次に無言で長い足を振り上げ、牡鹿の首筋に回し蹴りを食らわせた。

激しい水しぶきを立てて、牡鹿が温泉に倒れ込む。彼は一瞬の気の緩みを見せず、湯に沈んだその首を踏みつけた。回し蹴りの段階ですでに失神している牡鹿は、そのまま動かない。

（強い……!!）

乱入してきた牡鹿を蹴り一つで仕留めるとは、目の前で見ていたのに信じがたい。とんでもない強さではないか。

凄い、と感嘆すると同時に、妙にドキドキしてしまう。すると牡鹿に負けず劣らずの勢いで、お仕着せ姿の少女が走り込んできた。

「シャノンお嬢さま!! また鹿が乱入しまして!! ご無事でございます、か……きゃあああぁっ!!」

傍付きのソニアがシャノンたちを見て悲鳴を上げる。同時に彼に向かって走り込みながらスカートのポケットに右手を入れ、護身用の小剣を取り出した。

「お嬢さまに何をしているのですか!! この不届者!!」

「待って、ソニア!!」

彼がシャノンを離し、湯から出る。成敗っ!! と声を上げながらソニアが彼に飛び掛かり、小剣を振り下ろした。

無言で彼は小剣を握る手首に手刀を打ち込んで叩き落とし、怯んだソニアの首を掴んで地面に押し倒す。

大して力を入れているようには見えないのに、ソニアは目を剝いて顔を歪めた。彼はソニアを見下ろして不快げに言う。

「こちらの正体を問う前にいきなり小剣か。人を殺《あや》めるならば相応の覚悟を持っているのだろう？　弱き者は強き者に滅せられる。お前の命はここまでということだ」

　ぐっ、と指に力が籠められ、ソニアが声にならない悲鳴を上げた。このままでは息の根を止められてしまう！

「待って……待ってください!!　ソニアの無礼は私が謝罪します。だからどうか手を放して……!!　彼女は私の傍付きで、大事な友人です!!」

　彼の腕にしがみつき、必死になって言う。意味がわからないというように、彼が顔を顰めた。

「友人……？　傍付きがか？」

　そんなことはあり得ないとでも言いたげな顔に、コクコクと何度も頷く。彼は納得いかないようだったが、軽く嘆息して手を離した。

　咳き込んで上体を起こそうとしたソニアだったが、ちょうど眼前に彼の股間があり、新たな悲鳴を上げる。

「な、な、ななな、何て淫らな格好をしてるのですかっ!!　服を……服を着なさいっ!!」

「……ああ、そうだな。忘れていた。だがその前に、お前が脱げ」

　命じ慣れた響きのいい声で、とんでもないことを彼は言う。驚きに目を剝くシャノンたちに、彼は動じない。

（い、いったいどういう人なの、この方……）

「彼女は裸だ。風邪をひかぬように、いや、この美しく清らかな肌と裸身を誰にも見られぬようにすることが先決だ」

「シャノンお嬢さまに使用人の格好などさせられません!! お待ちくださいませ!!」

言ってソニアは風の如く脱衣所に向かい、大判のタオルを二枚持って戻ってきた。その背後に、祖父と数人の青年たちが続く。

新たな闖入者に驚き、声にならない悲鳴を上げてしゃがみ込もうとする。彼がすぐさまシャノンを抱き締め、自分の身体で隠した。

均整がとれているからさほど大柄には感じなかったが、すっぽり包み込まれてしまう。頭を胸に押しつけるように抱き寄せられ、鼓動が跳ねた。

「ウィルフレッドさま、ご無事で……!!」

「こちらを見るな。見たら殺す」

「……っ!?」

とんでもない命令に青年たちは驚愕したものの、すぐに彼に背を向けた。ほ……っ、と安堵の息を吐くと、ウィルフレッドと呼ばれた青年は、ソニアから取り上げたタオルで身体を包み込んでくれる。

「あ、ありがとうございます……」

「いや。私の方こそ見苦しかっただろう」

もう一枚のタオルを腰に巻きつけながら、ウィルフレッドは言う。

見苦しいなんてことはなかった。それどころか見惚れてしまうほど素敵で、凜々しい美しさがあった。

(そ、そんなこと、とても恥ずかしくて言えないけれど……!!)

だがどうにも気になるのは、声も表情も厳しいままだということだ。

こちらの方が見苦しかったのかもしれない。改めて羞恥で頬が熱くなる。

頃合いを見計らった祖父のイーデンが、ウィルフレッドの足元に跪いた。

「お騒がせして申し訳ございません、ウィルフレッドさま」

「先客がいるとは知らなかった。……彼女は？」

ウィルフレッドがこちらを見つめてくる。鋭い眼差しに緊張した。

イーデンの態度を見れば、彼が高位の貴族であることは明らかだ。シャノンは慌てて腰を落とす貴婦人としての礼をしようとするが、止められた。

「いや、先に着替えだ。話はそれからで」

確かにその通りだ。シャノンは慌てて言う。

「申し訳ございません！　今すぐ着替えを用意しま……」

そして気づく。ウィルフレッドの右脇腹の傷痕から、薄く血が滲んでいた。

「血が……！」

無言で傷口を見やったウィルフレッドが、表情を変えずに言った。

「さっきの立ち回りで開いたか……問題ない」

「どんな傷でも侮ってはいけません！　ソニア、部屋を用意して。傷薬をお持ちします！」

脱衣所に走り込む。見知らぬ青年がどうして自邸にいるのかという疑問は、ひとまずあとだ。怪我をしている人を放っておけない。

ワンピースを急いで身に着け、自室と続き間になっている調薬室からよく効きそうな傷薬をいくつかトレーに載せて運ぶ。

五年前の流行り病を経験してから、何かあったときに民の役に立ちたいと、主治医に薬草の育て方や調薬の方法を教わっていた。今や簡単な症状や傷ならば、対応できる。

ソニアが用意した客間で、ウィルフレッドはベッドに腰かけて待っていた。身体を締めつけない脚衣だけを着ており、上半身は裸だ。顔が赤くなりそうだったが、平常心を保つよう努力しながら手早く手当てをする。

胴体に包帯を巻きつけ終え、シャノンは笑顔で言った。

「もし痛みが出るようでしたら教えてください。痛み止めも調合できますから」

「……ああ」

先ほどよりは厳しさがほんの少し緩んだものの、今度はじっと見つめられる。何か言ってくるのかと待ってみたが――一向に、彼の唇は動かなかった。

こちらにどんな感情を抱いているのか、読み取れない。だが視線はシャノンに留まったまま、少しも動かない。

心の奥底まで暴かれるような瞳に、緊張で強張《こわば》る。そして、鼓動が高まる。

どうしたらいいのかわからなくなりながらも、そっと言った。

「……そ、そういえば、まだ自己紹介をしていませんでした。申し訳ございません」

「君のことは先ほどイーデンに聞いた。……こんなに愛らしくも美しい孫娘がいるとは知らなかった。知っていたらもっと早くサマーへイズ領に来ていたぞ……」

変わらない表情のまま独白のように呟かれた言葉が、本当に彼が言ったのかと信じられない。

（でも今、確かに……お世辞だろうけれど……）

愛らしくも美しい、などと褒められるのは初めてだ。非常に照れくさい。

ポッ、と頬が赤くなり、シャノンは慌ててサイドテーブルの上に置かれていた彼のシャツを取って広げた。無言で腕を広げたウィルフレッドに着せる。

シャツのボタンを留め終えると、ウィルフレッドがこちらを見つめて続けた。

「私はウィルフレッド・グロックフォードだ。しばらく君の屋敷で世話になる。陛下に少し休んでこいと言われて療養に来た」

（先ほどの傷を癒やすためね。……え……？）

シャノンは次の瞬間、驚きのあまり絶句した。その名を持つのはこの国で、ただ一人だけだ。

ウィルフレッド・グロックフォード。王族傍流のグロックフォード公爵家当主であり、国王直属指揮下に入る騎士団団長だ。国王と同い年で、まるで幼なじみのような関係性を築いているらしい。性格的にも馬が合うらしく、国王はずいぶん彼を信頼していると、この辺境の地でも聞き及ぶほどだ。

国王の信頼を得るに相応《ふさわ》しく、文武両道で自他共に厳しい高潔な人物だと言われている。

五年前の流行り病で失われた命は貴族階級でもそれなりに多く、予想外の世代交代を余儀なくされた部分もあった。現国王の即位もそうだ。前国王が流行り病で重篤状態になり、回復の見込みがなかったためだ。

そのときからウィルフレッドは国王の右腕として、政《まつりごと》を行う貴族たちの中心的人物となっている。

今年二十九歳になるにもかかわらずまだ妻を迎えていない彼のことは、この地ですら噂に出てくる。理想が高すぎるのだろうと揶揄《やゆ》する声もあるが、大抵はどんな女性を求めているのかと興味の声の方が勝る。会ったこともないのに理想の男性として憧れる女性もいた。

シャノンも戴冠式の際にイーデンの付き添いとして王都に入り、銀の鎧を纏った凜々しいウィルフレッドが騎士の誓いを現国王に捧げる儀式を、うっとりと眺めた。もう五年も前のことだ。そのときは遠目だったため、彼の立ち姿と高潔な雰囲気しかわからなかった。その騎士団長が何の先触れもなくこの地にやって来るなど、想像もしていなかった！

（私、ずいぶん失礼な態度を……!!　それどころか初対面で、はだ、裸、だなんて……!!）

真っ青になり、慌てて跪く。

「……た、大変失礼しました……!!　ウィルフレッドさまのことをよく存じ上げていなかったとはいえ、多くの無礼を……っ」

「いや、私に媚びていないのがいい」

「……こ、媚び……？」

そんなことを言われるとは思わず、戸惑ってしまう。ウィルフレッドはアイスブルーの目をわずかに細めた。

「……何でもない」

とりあえず、彼を不快にさせなかったことに安堵する。

だがウィルフレッドは相変わらずこちらを見つめ続けている。理由がわからないため、だんだん居たたまれなくなってきた。

（こ、これからどうしたらいいの……!?）

頃合いを見計らったかのように扉がノックされたのは、その直後だ。現れたのは祖父のイーデンと、ウィルフレッドの部下と思われる――あのとき風呂場に入ってきた青年たちだった。最後にソニアが続く。

手当てが終わったことに気づき、薬や包帯が載せられたトレーをソニアが引き取ってくれる。笑顔で礼を言うと、彼女は嬉しそうに笑い返した。

ベッドをソファ代わりにして座ったままのウィルフレッドの前に、イーデンが歩み寄った。

「お加減の方はいかがでしょうか」

「心配ない。動いたせいで傷が開いただけだ」

「此度《こたび》のご来訪……先触れの使者と到着がほぼ同時だったとはいえ、手際が悪く、大変失礼をして、申し訳ございませんでした」

イーデンの謝罪に合わせ、シャノンも改めて深く頭を下げる。ずいぶんと珍しい。もてなしさせるために、先触れはもっと早く来るのが常套だが。

イーデンは続いてシャノンに詫びる。ウィルフレッドの対応に慌て、シャノンが入浴中だったことを失念してしまったらしい。ウィルフレッドが厳しい表情で続けた。

「いや、使者は送っていなかった」

シャノンは祖父とともに大きく目を見開く。どういうつもりだったのだろう。

「知らせを受ければ宴だ土産だ観光だと、色々と私の世話をしようとするだろう？」

「もちろんでございます。このような辺境の地に、わざわざ騎士団長さまがご来訪くださるのです。領民すべてで、おもてなしをさせていただきます」

それがこの国に仕える貴族として、当然の行動だ。

（それに王国のために身体を張ってくださる方々に感謝をお伝えできる貴重な機会だもの。精一杯お世話させていただくわ！）

心の中で拳を握り締めながら意気込む。だがウィルフレッドは少し疲れたように嘆息した。

「いいか、私はここに傷を癒やしに来た。……まあ、癒やすほどの傷でもないのだが……宿場として、この屋敷には滞在させてもらう。だが、世話人はいらない。私をもてなすことはしなくていい」

まだ何もしていないのに拒絶され、シャノンはイーデンと顔を見合わせた。ウィルフレッドは今度は背筋が震えるほど冷たい声で続けた。

「私の身の回りの世話は、部下がしてくれる。特に……私に女をあてがうようなことは絶対にするな。私のベッドに女が入り込む前に、斬り捨ててしまいかねない」

（そ、それってつまり、夜のお世話、のこと……!?）

まだ男を知らないシャノンだったが、年頃の娘として、跡取り令嬢として、最低限の知識はある。高貴なる身分の男性にそういうもてなしをすることもあると、かつて聞いたこともあった。

だがそんなもてなしは、希望されない限り——いや、希望されたとしても自分が嫌ならする必要はないと、両親たちに言われてもいる。

真っ赤になってしまったが、ふと気づく。わざわざそんなふうに断りを入れてくるのは、彼がそういうもてなし方ばかりされているということではないだろうか。

未だ独身のため、国王が跡継ぎ問題を心配しているらしいという噂も聞いたことがある。ウィルフレッドの妻の座ともなれば、王妃に次ぐものだろう。利権を求める貴族たちによって狙われていることは、間違いない。

(何だか……大変そうだわ……)

厳しく気難しい感じがするのも、そのせいかもしれないと思えた。

利権絡みで優位に立つためにあれこれまとわりつかれているのだとしたら、心の疲弊はそれなりだろう。もしかしたら国王は彼の心の癒やしも考えて、サマーヘイズに行くように命じたのかもしれない。

(でも！　お世話なしだなんてそんなこと……駄目だと思うわ！)

「か、畏まりました……」

イーデンの言葉にウィルフレッドが頷こうとする。シャノンは勇気を振り絞って言った。

「あの、ウィルフレッドさま。私たちは国を、そこに住む私たちを守ってくださる騎士団長さまや騎士団の方々に感謝しています。せっかくウィルフレッドさまが来てくださっているのに、感謝の気持ちを少しも示すことができないのは……とても残念です……」

顔もわからないほど遠くからしか見られなかったが、儀式のとき国王に国を守ると宣誓したウィルフレッドの立ち姿は、憧れるほど凛々しかった。そして耳に届く噂は常に彼が高潔で民のためを思い、国王を——王国を守るために尽力していることがわかるものばかりだった。

「感謝……？」

まるで異国の言葉でも聞いたような反応だ。変なことを言っただろうかと、内心で小首を傾げてしまう。

アイスブルーの瞳が、改めてじっとこちらを見つめてきた。心の奥底まで見据えてくる強い視線にたじろぐが、踵に力を入れて見返す。ここで少しでも怯んだら、今、口にした言葉が偽りだと思われてしまいそうだった。

（と、とても厳しくて、恐ろしい瞳だわ……でもこうでなければ騎士団をまとめ、国を守ることなど無理でしょう）

しばらく無言でじっと見つめ合う。イーデンとウィルフレッドの部下たちは、どちらも一歩も退かない様子に固唾《かたず》を呑む。

やがて勇気ある部下の一人が、問いかけた。

「……あ、あの……ウィルフレッドさま……。ご令嬢の提案を、どうされますか……？」

「……む」

視線が緩み、軽く息を吐く。背中や脇が冷や汗でしっとりと濡れ、スカートで隠れた膝が小さく震えていた。

「……わかった。君ならば、私の傍にいることを許す」

意外そうに部下たちが軽く目を瞠る。

「全力でお世話いたします！」

硬い声音がわずかに緩んだような気がし、シャノンはすぐさま勢い込んで頷いた。傍にいることを許してもらえたことが、なんだかとても嬉しかった。

第二章　無自覚に近づいていく心

シャノンの朝は早い。朝一番に、領地内の畑を馬で一回りするのが日課だからだ。

だが自分よりも早く起きて働いている者も多く、挨拶される。何か困ったことがあったりしないかと、領民の声を聞いたりもする。それを繰り返すうちに、畑仕事を手伝うようになった。

帰宅途中に朝の収穫をしていた者たちから、野菜をもらった。代わりに腰の革袋に入れておいた薬草と物々交換する。

まだ朝露に濡れている野菜は瑞々しく、見ているだけで食欲がそそられる。朝食に、この野菜でサラダを作ろう。きっとウィルフレッドも気に入ってくれるはずだ。

（その前に、目覚めのお茶を持って行かなければいけないわね。着替えのお手伝いと、朝の入浴を好む方もいらっしゃるから、お湯の準備も一応しておいて……）

頭の中で段取りを考えながら屋敷へ戻る。朝食の準備をしていた料理長に野菜をもらったことを伝え、手早くサラダにし、ドレッシングも作った。手際の良さは料理長仕込みだ。五年前の流行り病で領地の働き手たちは次々と倒れ、とても大変だった。領主の娘だからと何もしないことは決して許されなかった。辛く苦しい思いをしている民を見ているだけでは嫌だった。自分ができることから役に立ちたいと、料理もそのときに覚えた。

料理長に味見をしてもらい、美味しいと絶賛された。ウィルフレッドも美味しいと言ってくれるだろうか。

（……待って。どうして私、そんなことを考えているの……!?）

いや、客人に喜んでもらおうとするのは、もてなす側として当然のことだ。この気持ちは別におかしいものではない。

なんだか誰かに必死に言い訳をしているような気持ちになる。シャノンは慌てて厨房を出て、胸を押さえた。

少し、ドキドキしている。

（……変だわ、私……。こんなこと、初めて……）

シャノンは小さく首を横に振って気持ちを取り直すと、ウィルフレッドが泊まる客室に向かった。

彼の部下は三人いたが、世話役に残したのは柔和な笑みが優しげな青年――クレイグだけだった。たった一人の傍付きだけでいいというウィルフレッドは、こちらが思い描いている高貴な者の印象からは、ずいぶんかけ離れているように見える。

それを不思議に思えども、不快感や威圧感はまったくない。それどころか物事を見る目線や考え方がとても近しく感じられ、親しみを覚えた。

ウィルフレッドの部屋の扉をノックする。返事はなかった。今の時間を考えれば、まだ眠っているのだろう。

扉の鍵が掛かっていないのを幸い、室内に入る。カーテンを開け、彼を起こして――などと考えていたが、その必要はなかった。

カーテンはすべて開けられ、清々しい朝の光が室内を満たしている。ウィルフレッドの姿はなかった。それどころかベッドも軽く整えられていた。

(どういうこと!?)

続き間も捜すがいない。何かあったのかもしれないと鼓動が揺れる。

シャノンは慌てて部屋を出ると、真向かいの客間をノックした。ここにクレイグが宿泊している。

だがこちらも返事がない。クレイグまでいないのかとドアノブを摑んだとき、廊下の方から彼がやって来た。

「おはようございます、シャノンさま。ずいぶんとお早いですね」

柔らかな微笑を浮かべて挨拶するクレイグは、その表情にも声にも眠気は欠片《かけら》もなく、身なりもきっちり整っている。自分より早く起床していたようだ。

シャノンは少し青ざめながら言った。

「お、おはようございます。あの、クレイグさま、ウィルフレッドさまを起こしに来たのですが、お部屋にいらっしゃらなくて……！」

「ウィルフレッドさまはもうお起きになっていて、鍛錬中です。庭にいらっしゃいますよ。ちょうど良かった。お湯をいただきたいのですが、お願いできますか？　すぐには無理でしたら水でも構いません。ウィルフレッドさまが汗を流したいとのことですので」

朝に入浴するかもしれないと準備をさせておいて良かった。頷くとクレイグは嬉しそうに笑い、入浴の準備をするからとウィルフレッドの部屋に向かう。

傍付きとはいえ使用人まがいのことはさせられない。慌てて自分がすると言ったものの、クレイグは優しい笑顔のまま、首を横に振った。

「でしたら、ウィルフレッドさまをこちらに呼んできていただけないでしょうか」

何もさせるつもりがないと言われているように感じるのは、気のせいだろうか。シャノンは少し気圧《けお》されて頷き、庭に向かった。

ウィルフレッドは庭師が造った小さな噴水の傍で、剣をふるっていた。

鍛錬のためか、平民のような軽装だ。呼吸に合わせて剣をふるう仕草には、一切の無駄がない。また、ふるわれた剣圧で鋭く空気を切る音が、無意識に背筋をしゃんとさせる。

アイスブルーの瞳は、真っ直ぐ前を見つめている。仮想敵を見据えるそれは、冷酷さすら感じさせた。こんな顔をして、容赦なく敵を斬り伏せるのだろう。

朝日を受け入れる瞳の鋭さと美しさに、ドキドキした。

(怖い、けれど……安心もするわ。ウィルフレッドさまが絶対に守ってくださると思える)

邪魔をしないよう鍛錬を見守る。しばらくすると、ウィルフレッドがふとこちらを見返した。

「見ていて面白いものでもないだろう」

集中していても、こちらには気づいていたようだ。結局邪魔をしてしまったと、身を縮める。

「も、申し訳ございません……」

「いや。ここで君の気配に気づけないようならば、死んでいる」

さらりと殺伐とした言葉が零れて、シャノンは目を剝く。ウィルフレッドが足元に置いていた鞘に剣を納めながら苦笑した。

「戦場では、一瞬の油断が命取りになることも多い。特に周囲には常に気を張っていないと死ぬ」

「そ、そうなのですか……。でもそんなに四六時中、気を張り続けていると、お疲れになるかと思います。ウィルフレッドさまが心からゆっくりと寛げる場所があると良いのですが……」

「……なぜだ？」

剣を片手に持ったウィルフレッドが、心底不思議そうに問いかけてきた。額や首筋に汗が滲んでいるのがわかり、シャノンは慌ててポケットからハンカチを取り出す。

なぜと問われる理由がわからない。

「ただ、ウィルフレッドさまが心穏やかな時間を持てればいいと思っただけなので……」

ウィルフレッドはじっとこちらを見つめたまま動かない。何かまずいことでも言ってしまったかとドキドキしながらも、身体が冷えてはいけないとハンカチで優しく汗を拭う。

身長差があるため、踵を上げた。

布地が触れた瞬間、ウィルフレッドがかすかに震えた。失礼な態度だったのかと慌てて手を引こうとすると、彼が小さく言う。

「……少し、驚いただけだ……」

「申し訳ありません。あの……こちら、よろしければ使ってください」

ハンカチを差し出すと、ウィルフレッドはどこか名残惜しげな表情をしつつ受け取り、汗を拭った。

「お湯の準備ができています」

「そうか。ではまた、朝食の席で会おう」

そのまま、ウィルフレッドは背を向ける。手元に返ってこないハンカチに慌てた。

「ウィルフレッドさま！　ハ、ハンカチを……どうされるのですか？」

「汗で汚してしまった。洗って返す」

とんでもない言葉に、シャノンは目を瞠る。それは騎士団長がすることではない。使用人がすることだ！

「それは私がします。ウィルフレッドさまにそんなことはさせられません！」

ウィルフレッドは足を止めず、肩越しにこちらを見返した。足の長さが違いすぎるのか、あっという間に距離が空いてしまい、シャノンは小走りになって追いかける。

「できる者ができることをすればいい。出征したときは、騎士団長だからといって指揮だけしていればいいというわけでもない。むしろ私のような立場の人間は、自分の世話くらい自分でできるようにならなければ。戦場では、誰もが戦力だ。私の洗濯をするためだけに持ち場を離れるなどもってのほかだ。――どうした？」

軽く息切れした様子に足を止め、ウィルフレッドが不思議そうに問いかける。ようやく隣に並んでシャノンは言った。

「も、申し訳ございません……。ウィルフレッドさまは歩くのがお速いので……」

「……君は、普通の女だったな……」

物言いがおかしい。普通ではない女性が、ウィルフレッドの傍にはいるのだろうか。いや、そもそも彼の中の女性に対する『普通』の認識が、よくわからない。

ウィルフレッドが再び歩き出す。今度は歩調を合わせてくれた。

不快な思いをさせてしまうかもしれないと心配ではあったが、きちんと伝えておかないと、滞在の間、使用人たちが困ってしまう。シャノンは頰を引き締め、緊張しながら言った。

「出過ぎたことを申し上げます。ウィルフレッドさま、ここは戦場ではありません。ウィルフレッドさまがのんびりと静養されるための場所です。そして使用人たちは高位の者にお仕えする仕事をして、私の祖父から給金をもらっています。ご自分で何でもされることはとても素晴らしいお心がけだとは思いますけれど……どうか彼らから仕事を取り上げないでくださいませ。我が家の使用人たちは働くことを誇りとしていますから」

頭頂に強い視線を感じて顔を上げると、アイスブルーの瞳がこちらを真っ直ぐに見つめていた。あまりにもじっと食い入るように見つめられたからか、急に足が縺《もつ》れる。

転びそうになったところを、ウィルフレッドが危なげなく右腕で抱き留めた。

「まさか、叱責されるとはな……」

表情は厳しい。怒らせてしまったのだと、慌てて言う。

「……申し訳ございません……」

「君の言葉は正しい。確かに人には与えられた役目がそれぞれにある。そのことに気づけなかったのは、私の失態だ」

きちんと反省する言葉に、シャノンは恐縮する。だが心の中で意外な気もした。自分の言葉をこんなにも素直に受け止めてくれるなんて。

「君はしっかりした考えを持っていて、その……好ましい」

その言葉に、ドキリと鼓動が跳ねる。シャノンは少し顔を赤くし、身を起こした。

「あ、ありがとうございます」

「足を捻ったりはしていないか」

「はい、大丈夫です」

気遣ってくれる眼差しが少し柔らかくて、ドキドキしてしまう。変な勘違いをしそうになり、シャノンはこっそり深呼吸した。

ウィルフレッドが再び歩き出す。何となく会話が途切れ、沈黙が漂う。

少し気恥ずかしさを感じるそれは、嫌な気持ちにさせるものではない。無理に話題を探さなくてもいいように思える。

(でも、このまま黙っていたら気が利かないかしら……何をお話ししたら……)

ウィルフレッドが、ふいに小さく笑った。

わずかなそれは、初めて見る笑顔だ。驚きと不思議なときめきで、大きく目を瞠った。

彼が慌てて笑みを飲み込んだ。

「……何か、おかしいか」

「いいえ……いいえ！　ウィルフレッドさまの笑ったお顔を、初めて見ました！　嬉しいです。素敵です！」

思いのままに笑顔で言うと、ウィルフレッドが軽く目を瞠った。そして全身の力を抜くように微笑する。

「……君は、変わっているな……」

心からの笑みに、再び胸がときめく。シャノンは慌てて続けた。

「あの、何が楽しかったのですか？」

「思い出し笑いだ。女と一緒にいるのに、ただ黙って歩いているだけだったから」

言い方に引っかかるものを感じたが、彼の心に不躾に触れることになるのではないかと思い、問いかけた唇をそっと閉ざす。気づいたウィルフレッドが微苦笑した。

「……気遣わせたか」

「お話しになりたくなったらいつでもお聞きします。でもお話しになりたくないことだったら……その気になるまで口を閉ざしていていいと思うのです」

「君は私よりずっと年下なのに、まるで母親か姉のようだ」

ふふ、とウィルフレッドが目元に柔らかな笑みを滲ませる。新たに胸をときめかせてしまいながらも、シャノンは少し不満げに言った。

「私は、ウィルフレッドさまのお母さまやお姉さまになりたいわけではありません。その言い方は、少し……意地悪です」

(……では私は、ウィルフレッドさまの何になりたいと言うの……?)

ふいに湧き上がってきた自問に、心が冷える。考えてはいけない、と心の中の自分が叱責した。

「……む、からかったわけではない。機嫌を直してくれ」

ずいぶんと困った表情を見せられて、驚いてしまう。ウィルフレッドほどの男ならば、女性の扱いには慣れていると思ったのだが——こちらの態度に戸惑っているようだった。

浮いた噂一つなく、たまに聞ける彼の色恋の話はねつ造的なものばかりとはいえ、彼は自分より十も年上だ。男女のことについて、それなりの経験を積んでいるはずだろう。

そう考えるとなんだか胸がモヤモヤし——同時にムカッとする。

(私ったら、何に怒っているのかしら)

小さく首を横に振り、笑いかける。

「不機嫌になってしまって申し訳ございません。どうか気にしないでください。さあ、汗で身体が冷えないうちにお湯を使ってください」

こちらの笑顔を見て、ウィルフレッドが、ほ……っ、と小さく安堵の息を吐いた。その様子がなんだか可愛いなどと思ってしまうのは、いけないだろうか？

数歩進むと、ウィルフレッドが世間話をするようなさりげない口調で言った。

「これまで女という生き物は、私を手に入れようとする者ばかりだった」

そっとウィルフレッドを見上げる。彼の瞳は前方を見つめたままだ。独白に近いのかもしれない。

彼が口を噤んでしまわないよう、まだ何も言わないでおく。

「立場上、私の妻の座は女たちにとって、とても魅力的なのだろうな。それに妻にならずとも私の子を産めばそれなりの力を得られるとして、様々な誘惑を仕掛けられた。女はか弱く守るべき存在だと騎士道では言われているが、本当にそうなのかと私は疑問に思う。あいつらは私の寵愛、あるいは子種を得るために手段を選ばない者ばかりだった」

具体的なことは一つも口にしなかったが、冷たいほどに整った顔が嫌悪感に歪んだ。その横顔を見ただけで、彼にとっては思い出したくもないことなのだとわかる。

（昨日、ウィルフレッドさまは言っていたわ……）

『私に女をあてがうようなことは絶対にするな。私のベッドに女が入り込む前に、斬り捨ててしまいかねない』――仕掛けられた誘惑は、彼の気持ちを考えていないものばかりだったのだろう。

自分が同じことをされたらと考え、気分が悪くなる。ウィルフレッドが心配そうな目を向けた。

「どうした。大丈夫か？」

「は、はい……大丈夫です。大変だったのですね……」

ウィルフレッドが、ふっ、と小さく嘆息した。

「そのせいか、女という種は害虫のようにしか思えん。しかも男は男で私を取り込もうとしたり、取り入ろうとしたりと、面倒な者ばかりだ……」

疲労と嫌悪がない交ぜになった声だった。

眉間に深く刻まれた皺を見て何とかしたいと思うものの、すぐに良案は思いつかない。気持ちばかりが急いてしまい、自分でも言いたいことがよくわからないまま続ける。

「……あの……その……ここにはウィルフレッドさまにそんなことをする者はおりません。どうぞゆっくりと寛いでいってくださいませ！　私も精一杯お世話させていただき……あ、お、お世話というのは変な意味ではなく……！　使用人としてということですから!!」

妙に必死になってしまい、恥ずかしくなる。

ウィルフレッドは軽く目を見開いたあと、柔らかく微笑んだ。その微笑にも胸がときめいて困ってしまった。

だが、彼との心の距離が急激に縮まったようにも思えて、嬉しかった。

与えられた部屋のソファに座り、ウィルフレッドは小説を読んでいた。

サマーヘイズ伯爵家では寛ぐことが仕事だと命じられている。仕事はしばし忘れようとしたのだが、無趣味のため――いや、身体を鍛えることが趣味か――座っているだけでは手持ち無沙汰でどうにも居心地が悪かった。

性格的に、何もしない時間が許せない。何かしたくなる。そんなとき、シャノンが本を持ってきたのだ。

『とっても面白い本です。好みではないかもしれませんが、是非読んでみてください』

――ウィルフレッドに喜んでもらいたい一心なのがわかる表情は、とても可愛かった。

……女を可愛いなどと思うのは初めてで、なんだかいけないことを思った罪悪感を覚え、困惑する。

書物といえば執務に関するものか剣術に関するものしか、基本的に読まない。シャノンが持ってきた本は、なんと全三冊構成の異世界ファンタジーだった。おそらくは彼女より少し幼い少女たちが、異界の地に思いを馳せて瞳をキラキラさせながら読むものだろう。

こんな本を差し入れられたのは初めてで面食らったが、だからこそ興味を持って読んでみた。夢中になるわけがないと思ったのに、しばらくすると続きが非常に気になり、ページを繰っていた。

集中していても、誰かがやって来たら足音と気配でわかる。頃合いを見計らってやって来たシャノンが読書のお供にと、いい香りのする茶と彼女が作ったというマドレーヌを差し入れてくれた。

レモン果汁を使った爽やかで素朴な味のマドレーヌは、予想以上に美味しかった。もう一つどうかと笑顔で勧められると、素直に受け取って口にできる。

まだ知り合って数日だというのに、シャノンには警戒心をまったくといっていいほどに抱けない。これまでだったらこんなふうに無邪気に差し入れをされても何か裏があるのではないかと疑い、口にすることなどほとんどなかった。

本が予想以上に面白いと伝えると、彼女はとても嬉しそうに笑った。そして読書の邪魔をしないように長居はせず、静かに部屋を出ていった。

自分の傍に何かと理由をつけて居座ろうとする女たちとは――違う。

(不思議な娘だ……)

章区切りがついて息を吐き、ウィルフレッドは冷めた茶を口にした。

冷めても美味な茶だった。本に夢中になることも考えて用意されたものだとわかる。

(私の周りにはいない娘だ。だからこれほどに興味を覚えるのだろう)

なんだか言い訳めいたことを思ってしまい、むむっ、と眉根を寄せる。

(興味を覚える……別におかしなことではないだろう。私も健康な青年男子だ。女に興味

を持つことは、何ら変ではない）

むしろグロックフォード公爵家の未来を考えれば、もっと女に興味を持たなければならない。跡継ぎを産む存在として。

（……シャノンが、私の子を……？）

急に頭に血が上ったような感覚に陥り、ウィルフレッドは指先で額を押さえた。

何を馬鹿な想像をしているのだろう。自分より十も年下の娘に不埒な想いを抱くことは、おかしい。

（いや、確かにまだまだいとけない娘だが……美しい、人だ……）

初めて見たときは、天使が水浴びをしているのかと思って、目を奪われた。

湯を弾く濡れた瑞々しい肌と、丸く豊かな胸、細くくびれた腰、円やかな臀部からすんなりと伸びた両足。緩いウェーブを描く濡れた髪が華奢な身体を包んでいた。

透けるような淡い金色の髪と、こちらを見返して大きく見開かれた若草色の瞳、柔らかそうな頬と桃色の唇、けぶるように目を縁取る長い睫、整った鼻梁――まさしく、天使だった。

清らかで汚れなき美しさに見惚れて動けなかった。何かに魅入られて自我を失うなど、初めてのことだった。

第一印象で純粋な興味を持ったものの、交流を持てばそれも失われると思ったのに、彼女への興味は尽きない。ウィルフレッドがこれまで見てきた『女』とは、まったく違うことを口にし、思い、自分に接してくる。

そしてそれを、少しも嫌だとは思わない。むしろ今度はどんな驚きを見せてくれるのかと期待する。同時に、彼女の隣は気を張らずありのままの自分でいられ、居心地が良かった。

胸の奥で、ふと、思う。だがそれを認めることを理性が阻んだ。十も年下の娘に、自分は何を思っているのか！

扉がノックされたのは、そのときだ。

ウィルフレッドは気を取り直し、入室を促す。姿を見せたのは、クレイグだった。

「読書とは、お珍しい。ご興味を持つ書物がこちらのお屋敷にありましたか」

「いや、シャノンの差し入れだ。思ったより面白い。三部作の長編ファンタジーだ」

クレイグが信じられないという目を向けてくる。心からの驚きの表情が新鮮に見え、ウィルフレッドは低く笑った。

その笑顔に、クレイグはすぐに嬉しそうに微笑んだ。

「久しぶりに楽しいお時間を過ごせているようで良かったです。シャノンさまにはよくお礼を言っておかなければなりませんね」

含みを感じる言葉に、ウィルフレッドは眉根を寄せる。そして言い訳がましく続けた。

「確かにシャノンはよくしてくれている。だがそれがたまたま私の興味を引いているだけに過ぎない。だいたい十も年下の娘だぞ。私が彼女に何を思うと言うんだ」

「ウィルフレッドさまは、シャノンさまをお気に召されているのですか？」

自爆した、と気づいたときには遅い。これではシャノンを意識していると自ら教えているのと同じだ。

だが、幼い頃から自分に仕え、兄弟のように育ってきたクレイグは、さすがに心得ている。にこりと穏やかな笑みを浮かべたあと、すぐに話題を転じた。

「では陛下にもう少し滞在したいと、お願いの使者をお送りしておきましょう。よろしいでしょうか？」

「……ああ、頼む」

「騎士団長となられてから長期休暇どころか、負傷されたときですら数日で職務に戻られています。陛下もその辺りを心配されて、今回はゆっくりしてくるようにと仰られたというではありませんか。存分に羽を伸ばしてくださいませ」

「だが、騎士団長が長く不在にするわけにはいかん」

それに、騎士団長だけの役割を担っているわけではない。同じ年格好、似通った面立ちということから、国王の影武者としての仕事もある。

今回の負傷についても、国王の命を狙う不穏な輩がいるとの情報を得て、万が一のために身代わりを務めていたときのものだ。わざと夜の庭を一人きりで散歩をし、誘い出して、捕らえた際の傷だった。

　クレイグが微苦笑する。

「今は不穏な動きがあるとの情報もありません。軍事的にも落ち着いています。この機を逃したら、またしばらく長期休暇は取れないと思いますよ。後悔しないように今、楽しんでおかなければ」

「楽しめと言われてもな……無趣味の私にどう楽しめと」

「では、シャノンさまにご相談なさってみてはいかがでしょう。きっと休暇の楽しみ方を教えてくださると思いますよ」

「……ずいぶんと彼女に好意的だな……？」

　なんだかひどく面白くない気持ちになり、無意識に不機嫌な声で問いかけている。クレイグが軽く眉を上げ、さらに苦笑した。

「ご安心ください。私は熟女好みです」

「……急に何を言っているんだ!!」

「シャノンさまはとても可愛らしく素直で真っ直ぐな方ですが、私の好みはもう少し癖のある女性でして。そして大人の色香が漂っていることが絶対条件です。まず年下はあり得ません」

どうして突然好みの女性像を口にするのかと呆れるが、同時に安堵もする。そしてすぐ、その理由に首を捻った。

(……いかん。深く考えてはいけない気がする……)

話題を変えた方がいい。だがそれより早く、クレイグが言いにくそうに続けた。

「ですが、ひと月もふた月も、というわけにはいきませんでしょうね……アラベラさまが乗り込んできそうです……」

「……ああ、そうだな……」

ウィルフレッドの声も苦くなる。

アラベラはウィルフレッドと同世代のメイウェザー伯爵ロイドの妹だ。五年前の流行り病でメイウェザー家も代替わりし、ロイドが当主として政にかかわっている。最近はぐんぐんと力をつけ、貴族内に自分の味方をずいぶんと増やしていた。

同世代ゆえに交流も多く、ロイドが野心家であることにはすぐに気づけた。国王の腹心となり、国政を動かす重要な立場に立ちたいらしい。

(だが、その立場に押し上げられるに値するだけの技量が、あの男にはない)

ロイドはウィルフレッドを味方に引き入れるべく、妹を差し出し、結婚を提案してきた男だ。民のために国を動かすのではなく、自分の利益のためにこの国を動かすことは間違いない。そんな男を国王の隣に立たせるわけにはいかなかった。

国王自身もロイドの野心家な部分を見抜き、距離感は保っている。彼が求める人物はロイドのような人間ではないのだ。

アラベラは美しい令嬢ではあるが、ウィルフレッドは彼女にまったく興味がない。それどころか好きでもない相手に身を差し出せと言われ、従う従順さには嫌悪感を抱く。兄に反発する気概もないのか。

（シャノンならば、そんな結婚は相手に失礼だと突っぱねるだろうな）

言い寄ってくる他の女たちと同じく結婚する気はないとあしらったが、ロイドから未だ機会があればものにしてこいと命じられているのか、アラベラは何かと接触しようとしてくる。

今回も負傷したことで見舞いのカードと花が届き、いい医者を紹介しようとまでカードに記されていた。とんでもないと、ウィルフレッドは内心で寒気を覚えたものだ。引っ込み思案でロイドに言われるままのくせに、こういうときはねっとりと絡みつくようにかかわってくるところが生理的に受け付けなかった。

アラベラからはほぼ毎日、見舞いの手紙が届いている。もちろん、返事は一通も出しておらず、ウィルフレッド自身が受け取ることもない。すべてクレイグが対応してくれていた。

「……とりあえず、ここにいる間はあの女のことを考えたくはないな……」

「畏まりました。全力を尽くします」

妙に意気込んだ言葉に、ウィルフレッドは小さく笑った。


ウィルフレッドがやって来てから、数日が経った。

その日は朝食前、敷地内の薬草畑にシャノンは向かった。傷薬、熱さまし、下痢止めなど、生活に密着した薬ができる薬草を、自ら育てている。

庭に出ると、まだ昇りたての太陽の光が優しくて気持ちがいい。今日もいい天気になりそうだ。民の仕事も捗るだろう。

薬草畑に向かうと、回廊の途中でウィルフレッドと会った。すでにひと汗掻いたようで、タオルで首筋を拭いながら屋敷に戻ろうとしていた。

「おはようございます、ウィルフレッドさま。お湯の準備は整っております」

ウィルフレッドは朝昼晩、必ず一時間程度の鍛錬を、時には一人で、時にはクレイグを相手にしている。王都にいるときはさすがに騎士団長としての職務があるためできないらしく、鍛錬する姿はとても楽しげだ。

「ああ、おはよう、シャノン。君も毎朝早起きだな。どこかに行くのか?」

ウィルフレッドが柔らかい微笑とともに挨拶を返す。ずいぶんと打ち解けてくれていた。

「敷地の一角で薬草を育てているんです。先生からよく効く傷薬の調合を教えてもらっているので、お帰りになるまでにお作りしますね」

お帰りになるまで——自分で口にした言葉なのに、胸が小さく痛んだ。

ウィルフレッドはここに療養しにきただけであって、時期が来れば必ず王都に帰る。何よりも国王が彼の長い不在に不都合を覚えて困るだろう。予定よりは長めの休暇となっているようだが、期限は必ず来る。

（そうね……ウィルフレッドさまは、ここからいなくなる御方なのよね……）

ウィルフレッドがいなくなるのは、とても寂しい——その気持ちが自然と湧いてくる。しょんぼりとした顔を見せるのは駄目だと改め、伏せてしまった視線を上げると、ウィルフレッドもなぜか衝撃を受けたような顔をしていた。

どうかしたのかと呼びかけると、彼はハッと我に返って慌てて首を振った。

「……ああ、いや……私はいずれ、王都に帰るのだなと思っただけだ……」

（この地を離れることを、少しは寂しいと思ってくださっている……？）

そう思うと物寂しい気持ちの奥で、少しだけ嬉しさも生まれてくる。限られた時間をもっと有意義に、いい思い出が作れるようにしてあげたいと、シャノンは言った。

「とびきり効く薬を作ります。是非お持ち帰りになってくださいね！」

「……ああ」

ウィルフレッドは頷いたが、屋敷には戻らずあとをついてきた。

薬草畑に一緒に入り、水やりと雑草取りをし始める。結果的に手伝ってくれることになり、最初は慌てて止めた。

「ウィルフレッドさま、汚れますから！」

「どうせこのあと、風呂に入る。構わん。さすがに草むしりはしたことがないな。意外に面白い」

何がどう面白いのかわからなかったが、その横顔はとても楽しそうだから良しとする。騎士団長に土仕事をさせてしまったことでクレイグに怒られたとしても、この笑顔が見られたのならばいいだろう。

「お、虫がいる」

「見せてください」

王都に住まう令嬢たちならば悲鳴を上げて逃げ隠れするだろうが、シャノンは違う。すぐさま薬草の根元を指差すウィルフレッドの傍に近づき、一緒にそこを覗き込んだ。薬草を駄目にする虫ではなくてホッとする。

「駆除した方がいいか？」

「いいえ、この種類ならば駆除しなくても大丈夫です」

「せっかく丁寧に育てているのに駄目になるのは嫌だしな。問題がなさそうで良かった」

「この虫がいると、むしろ土がいいという証になるのです、よ……」

言いながらウィルフレッドを見返して、息を詰める。あともう少し身を乗り出したら鼻先が触れ合ってしまいそうなほどの至近距離だ。

彼もちょうどこちらを見返したところで、視線が重なり、交わる。

透き通ったアイスブルーの瞳に、自分の顔が小さく映り込んでいた。鏡で毎日見ている顔なのに、なんだか知らない者のように思える。

じっと見つめ返す自身の若草色の瞳は少し潤んでいて、頬も薄紅色に染まっている。恥ずかしげにしながらも何か期待している顔はまるで恋する乙女だ。シャノンは慌てて離れようとした。

ふ……っ、と柔らかな呼気を唇に感じた。ウィルフレッドの端整な顔が――近づいている。

(くちづけ……され、る……?)

ピタリと動きを止め、ウィルフレッドが目を瞠った。互いに息を呑むようにしてしばし見つめ合ったあと、彼が勢いよく立ち上がる。

「風呂に入ってくる。また朝食の席で」

こちらの返事を待たずにウィルフレッドは足早に去っていった。その背中を見送ったあと、シャノンは両手で頬を押さえて俯く。

土で汚れることも気にならない。押さえた頬は、とても熱かった。

(あともう少しで、ウィルフレッドさまと……?)

あのまま恋人同士のようなくちづけをしたら、いったいどんな感じなのだろう。具体的な想像をして、耳まで真っ赤になる。

(私ったら、なんてはしたないことを思って……あ……っ)

——そして、気づいてしまった。

(私……ウィルフレッドさまと、くちづけ……したかった……のね……)

なんていけないことを考えたのだろう。

年頃の娘として素敵な男性と恋仲になりたいと夢想するのは当然としても、高潔で、女性から願ってもいない誘いばかりを受けて苦痛にすら思っているウィルフレッドをその相手にすることは、罪だ。彼に対して一番してはいけないことだ!

(駄目よ、絶対に駄目! こんなこと、思ってもいけないことだわ! ウィルフレッドさま、ごめんなさい!!)

火照ったままの頬を、活を入れるために強く叩く。ヒリヒリとした痛みが火照りに上書きされ、浮ついた気持ちが少し落ち着いた。

浴室に真っ直ぐ向かうと、クレイグがちょうどタオルや洗面用具を持って入っていくところだった。ウィルフレッドの姿に気づくと足を止め、心配げに問いかける。

「お帰りなさいませ。遅いお戻りでしたね。湯がぬるくなったので、今、注ぎ足しを……お顔が赤いですが、どこか具合でも……？」

「……なあ、クレイグ……十歳年下の妻というのはいいと思う、か……？　その、あまり年が離れすぎていると、世代の違いというものが出てきたりしないか？　どうあっても年の差が埋まらないというのであれば、相手がもう少し成熟してからの方がいいのか？　待てと言われれば、待つが……」

「……急にどうされたのですか？」

矢継ぎ早の問いかけに、クレイグは戸惑いの声を返す。だが一瞬後にはハッと気づき、明るい笑顔になった。

「わかりました！　では一度失礼して……」

「待て！　何をわかったと言うんだ⁉」

ウキウキした足取りで浴室を出て行こうとしたクレイグの襟を後ろから容赦なく摑み、自分に引き寄せる。危うく窒息しそうになる呻き声に我に返り、慌てて手を離した。

「すまん！」

「い、いいえ、大丈夫です。申し訳ございません。急ぎすぎていますか……？」

「そういうことではなくてだな！　まだ、私がシャノンに惚れているとは言っていないぞ⁉」

はあ、とクレイグは少し間の抜けた返事をする。ウィルフレッドは低く咳払いをして、念を押した。

「いいな！　シャノンに余計なことは言うな。こういうことは互いを知って、理解を深めてから一歩ずつ歩み寄っていくべきだ。興味を持ったということが、恋愛的な好意と同じものだと早急に判断するべきではない。わかったな」

はあ、ともう一度間の抜けた返事をするクレイグに背を向け、ウィルフレッドは無造作にシャツを脱ぎ始める。

「まだ湯の注ぎ足しをしていませんが……っ」

「構わん」

頭が変に火照っているような気がする。

このふわふわとした気持ちのまま、シャノンと向かい合っていいわけがない。これでは色狂いだった両親と何ら変わらないではないか。

――ウィルフレッドの両親は互いに性に奔放で、自分の欲望に忠実だった。

政略結婚であるうえ、身体の相性があまり良くなかったらしく、跡継ぎのウィルフレッドが生まれると、両親とも解放されたかのように愛人を作り、より良い夜の生活を求め続けた。

家柄が良くなければ貴族社会からつまはじきにされていただろう。実際、陰口を耳にしたことも多い。多感な時期の息子に愛人と懇《ねんご》ろになっているところを見られても恥ずかしがるそぶりもなく、父親は一緒に混ざるか？　などと言ってきたほどだ。

そんな両親の息子だからなのか、性的な誘惑はうんざりするほど多かった。

(私は、あいつらとは違う……!!)

自分の表情を見てクレイグが微苦笑したことが、何とも気まずい気持ちにさせた。

第三章　媚薬の罠

荷馬車の準備を終え、シャノンは連れて行く二人の使用人に買い物のメモを確認させる。日用品や服飾材料、文房具などを、町へ買いに行っているのだ。

日々の仕事に追われ、買い出しに行けない者たちもいる。彼らのために必要なものは、ある程度は領主のところで購入できるようにしているため、定期的に買い出しに行く。

「不足分はこれで大丈夫ね。あとは新しいものを……絵本？」

「はい。図書室の絵本が数冊、もうボロボロになってしまっていて……駄目でしょうか？」

屋敷内の図書室の本は、領民に貸し出している。子供たちのためならば、異論はまったくない。シャノンは笑顔で頷いた。

「とんでもない！　子供たちが喜ぶわ。よく見てくれていてありがとう」

感謝の言葉を使用人ははにかむ笑顔で受け止めた。

(そうだわ。ウィルフレッドさまに何かお土産を買ってきましょう!)

何がいいかしら、と考え始めたとき、ウィルフレッドの声が掛かった。

「出掛けるのか?」

使用人たちが慌てて礼をする。てっきり自室にいると思っていたのだが、誰かから買い出しのことを聞いたのだろうか。

「はい。町へ買い出しに行って参ります」

「町か。私も同行しよう。荷物運びくらいはできる」

思いもよらない言葉に、シャノンたちは慌てた。そんなことをしてもらっていいわけがない!

「あの……あの、荷物運びには二人用意しています。大丈夫です!」

「……すまん。もしかして困らせているか?」

「いえ、そういうわけではありません! ただウィルフレッドさまに荷物運びなど、恐れ多いです……!!」

「鍛錬になるから大丈夫だ。行こう」

動きやすくて身体を締めつけないからと、好んで着用している平民用のシャツとズボン姿なのをいいことに、ウィルフレッドはひょいっと荷台に飛び乗ってしまった。使用人たちはどうしましょうと声にならない悲鳴を上げて、こちらを見つめる。

考えたのは一瞬だ。提案したウィルフレッドの表情がとてもわくわくしたもののように見えたから、シャノンは頷いた。

「ウィルフレッドさまが楽しそうだわ。一緒に行きましょう！」

「で、でも私……っ、緊張してお話しできません……っ!!」

騎士団長と荷台で一緒になるなど、考えもしなかったはずだ。自分だって、そんな日が来るなど思ってもみなかった。思わず笑ってしまいながら、使用人たちを御者台に座らせて出発した。

万が一にも事故を起こしてはいけないとでも思ったのか、いつもより安全運転をしている。おかげで、荷台の揺れもさほどではない。

幌《ほろ》で囲われていない入口から見える豊かな田園風景に目を細め、ウィルフレッドは寛いでいた。失礼しますと断ってから隣に座り、同じように景色を見つめる。

見慣れているはずの風景なのに、少し新鮮に思えた。

町の規模は小さいが、賑わっていた。

買い出しの者や商人たちが使う停車場に荷馬車を停める。ウィルフレッドは興味深げに周囲を見回した。

「素朴でいい感じだ」

「ありがとうございます。少しお待ちくださいませ」

どの順に店を回るか思案しながらメモを見る。ウィルフレッドがそれを覗き込んだ。

「色々と買い揃えるんだな」

「はい。皆の農作業の手伝いをしたいので、ある程度まとめて買っているのです」

ふ、とウィルフレッドが柔らかく微笑む。

「ならば手分けして買い出しした方がいい。食料と……日用品関係に分けられるか。私は少し日用品で見てみたいものがあるから……」

「わかりました。私たちは食料を買い揃えてきます！　では!!」

まだ行けと命じてもいないのに、使用人たちは歩き出してしまう。よほどウィルフレッドと一緒に行動することが緊張するのだろう。

取り残されたウィルフレッドが、心配げにこちらを見た。

「……その、私と一緒で大丈夫か？」

「もちろんです！　せっかくですから買い物が終わったら、町の美味しいものをご紹介しますね」

笑顔で言うとどこかホッとした表情でウィルフレッドが頷き、早速買い出しに向かった。

メモを見ながら必要な店に案内する。購入物を吟味するときには、ウィルフレッドがさりげなく助言をくれたりした。

値切り交渉にも参加してくれた。とはいえ、ウィルフレッドはシャノンの後ろに立ち、ひどく冷たい表情と視線で店の者たちを睥睨《へいげい》していただけだ。

彼の正体を知らずとも威圧感と冷酷な厳しさを感じ取れば皆、震え上がって頷くしかない。無茶な値切りをしているわけではないため、シャノンは苦笑する。

（それでも初対面のときよりは、だいぶ屋敷の者たちにも砕けてきたと思うけれど……）

だが、それもあくまで自分がかかわっているときだけのようだった。なんだか特別扱いしてもらえているようで、密かに嬉しい。

ウィルフレッドは言葉通り荷物持ちをしてくれて、シャノンが持つのは財布の入った巾着だけだ。両腕に抱えなければならないほどの紙袋を二つと、下げ袋を二つ持っていても、彼はまったく苦に感じていないらしく、軽々と運んでいる。

少し持ちます、と言えば、疲れたら代わってくれればいいと返されて終わってしまい、結局手ぶらのままだった。

こんなに楽な買い出しは初めてだ。せめてもの礼にとシャノンは町の屋台を案内して使用人たちへのご褒美用の菓子を選びつつ、ウィルフレッドにも美味しいと評判のものを食べてもらう。

シャノンの手から渡されるものに関しては、まったく警戒することなくウィルフレッドは口にする。同時に美味しいと頬をほころばせてくれた。が、客引きしてくる者には容赦なく冷酷な一瞥を与え、震え上がらせて退散させる。

彼の容姿に引き寄せられてきた女性たちはことごとく返り討ちにあい、三軒目の串焼きの店を覗いたときにはすっかり遠巻きにされて、余計な声を掛けられることもなくなった。

一口大の肉を甘辛く焼いた串焼きは、串にたれがついてしまっていて手が汚れやすい。

「あの……ウィルフレッドさま。手を汚さないように、その……ど、どうぞ……」

気恥ずかしさで真っ赤になりながらも串を口元に差し出す。ウィルフレッドは少し驚いたように目を瞠ったものの、すぐに小さく笑って食べてくれた。

「……うん、美味い。少し味が濃いめなのがいいな」

たれが口端についていることに気づき、シャノンは慌ててハンカチで拭い取る。

「ありがとう」

「いいえ。もう一口、食べますか？」

頷いたウィルフレッドが串から肉を食べる。遠巻きにしつつ様子を窺っていた者たちが、面映ゆそうな表情になった。

自分がずいぶんと大胆で恥ずかしいことをしているのではないかと気づくものの、もう一口、と言われて止め時がわからない。彼は恥ずかしくないのだろうかと見やるが、気にしている様子はまったくなかった。

「美味いな。もう一本食べたくなる」

店主に追加を頼もうとしたところ、突然、火がついたように泣き出す子供の声が聞こえた。

ウィルフレッドがすぐさま荷物を抱え直し、右腕でシャノンを引き寄せる。続いたのは男の怒声だ。

「このクソガキ！　何しやがるんだ!!」

「も、申し訳ございません!!」

若い女の声が、必死に謝罪する。何かもめ事が起きたことは明らかで、シャノンは慌ててそちらに向かおうとした。

だがウィルフレッドの腕の力が強く、行くのを阻む。

「駄目だ、危険だ。何が起こったのかを確認してからだ」

「サマーヘイズ伯爵領地で起こったことです。ならば私が確認しなければ」

むぅっ、とウィルフレッドは渋く眉根を寄せたあと、仕方なさげに嘆息した。

「ならば私も一緒に行こう。傍を離れないように」

頷くシャノンを右腕に引き寄せたままで、ウィルフレッドが騒ぎの方へと歩き出す。シャノンの姿を見た者たちはすぐに道を空けてくれた。

大声で泣く子供を抱いて、若い母親が蹲《うずくま》っている。身なりからして下級貴族と思われる青年が数人、平民の母子を怒鳴りつけていた。

「お前のせいで服が汚れたぞ。弁償しろ！」

見慣れない若者たちは、観光客と思われた。威圧的に言い放つ様子に嫌悪感を示す者がほとんどだったが、かかわりたくないと他の観光客は足早に通り過ぎ、領民は高位の者に逆らうことができずに耐えている。

自分が出るべきだろう。シャノンは頬を引き締め、青年たちの前に出ようとする。

それよりも早く、ウィルフレッドが言った。

「そこのお前、この荷物を頼んでもいいか」

近くにいた者に次々と荷物を手渡す。彼らはわけがわからないながらも低く厳しい声に呑まれ、文句も言わずに受け取っていく。

ウィルフレッドは青年たちの方に向かおうとして足を止めると、シャノンに念押しした。

「君はここで待っていてくれ」

呼び止める声を聞かず、ウィルフレッドは青年たちに歩み寄る。そのときには青年の一人が、子供の胸倉をむんずと摑み引き上げていた。首を絞められ、泣き声が止まる。

「ったく、だから田舎者ってのは嫌なんだよな。泣けば済むと思いやがって！　責任って言葉を知っているか？　悪いことをしたら、ごめんなさいってまずは言うんだよ！」

「——お前がしていることは単なる弱い者虐めだな。恥を知れ」

ウィルフレッドが青年の肩を摑んで言う。訝しげに振り返った青年の頰に、彼は容赦ない拳を撃ち込んだ。

聞くに堪えない醜い悲鳴を上げて、青年の身体が倒れる。手が離れたものの巻き添えを食って一緒に地に叩きつけられそうになった子供は、ウィルフレッドが片腕で抱き留め、母親の方へ行かせた。

「何だ、貴様！　こんなことして許されるとでも思って……」

ウィルフレッドが軽く横に避ける。摑みかかろうとした勢いを殺しきれずに前につんのめった青年の尻を、彼は軽い溜め息を吐きながら蹴り飛ばした。情けない声とともに、青年は顔面を地に打ちつけて果てる。

「……手応えがなさすぎる……」

肩を落として言い、ウィルフレッドは最後の一人に向き直る。青ざめた青年はこちらの正体に気づいたらしく、死人のような顔になった。

「……ウィ、ウィルフレッド、さま……!?」

「私のことがわかるか。ならば私が次に言いたいこともわかるな？」

大股の一歩で目の前に迫ると、ウィルフレッドは青年を冷たく底光りするアイスブルーの瞳で見据えた。

「消えろ。不愉快だ」

「……っ!!」

青年は慌てて倒れた仲間に手を貸し、引きずるように連れて行きながら去っていく。あっという間に始末がついたことに驚いて茫然としていた者たちが、直後に喝采しながらウィルフレッドの肩や背中を叩いた。

「すげぇな、兄ちゃん！　強ぇじゃねぇか！」

「見事なもんだ。貴族さま相手でもあんだけ言えりゃ、凄ぇぞ！　見直した!!」

「ありがとうございました。本当にありがとうございました！」

母親が目尻に涙を浮かべて深く頭を下げ、何度も礼を言う。騎士団長ウィルフレッドだと知らないのだから仕方ないとはいえ、平民同士のやり取りは彼を不快にさせてしまうのではないかと、シャノンは慌てて皆をかき分け、駆け寄った。

だがウィルフレッドは感謝と褒め言葉を次々と投げる皆の様子に、どこか戸惑った顔をしている。母親の腕の中で泣きはらした顔に笑みを浮かべ、子供はぺこりと頭を下げた。

「お兄ちゃん、助けてくれてどうもありがとう。凄く強いね！　格好いいね！」

「……そうか。それは……どうもありがとう……」

「ウィルフレッドさま……？」

どうかしたのかと呼びかけると、ウィルフレッドは戸惑いを瞳にまだ滲ませたままで言った。

「いや……こんなふうに改めて礼を言われることがあまりないのでな……。こういうときに私が出るのは当たり前のことだし」

「ウィルフレッドさまがいなければ、もっと大変なことになっていました。みんな、感謝しています」

「おう、ありがとうよ！」

誰かが声を上げると、その場にいた者たちが次々と礼を言う。ウィルフレッドは戸惑いながらも、ほんの少しだけ笑った。

（ウィルフレッドさまが、みんなに笑顔を……！）

すぐに気難しい硬い表情に戻ってしまったが、とても嬉しかった。自分たちとこうして過ごす時間が、彼に良い変化を与えているように思えた。

何度も頭を下げる母親と手を繋いで、子供が往来の中に紛れていく。ウィルフレッドはどこか眩しそうに目を細めて見送った。

ふとシャノンの背後に顔なじみの女商人が近づき、耳元で囁いた。

「シャノンさま。あの御方、シャノンさまの恋人かい？」

「恋人!?」

自分でも驚くほどの声で聞き返してしまう。焦って見返すと、女商人はニマニマとからかいの笑みを浮かべた。

こちらの大声に気づき、ウィルフレッドが一気に間合いを詰めてきた。

「……恋人……？　誰が、誰のだ？」

上体を押し被せるように顔を覗き込まれ、視界が暗くなる。とても厳しい表情も相まって、これでは尋問だ。

息を詰めたシャノンの代わりに、女商人がウィルフレッドを指差しながら答えた。

「シャノンさまの恋人が、あなたではないのかと聞いてみたんです」

「違うから！　変な勘違いを皆にされたら、ご迷惑になるでしょう！」

「……いや、迷惑ではない、な……」

ウィルフレッドが慌てて咳払いをする。女商人はさらに笑みを深めた。

「ほほーう。旦那、女を見る目がありますねぇ。シャノンさまをお選びになるとはなかなか……」

「ウィルフレッドさま！　行きましょう!!」

これ以上好き勝手なことを言われないために、シャノンはウィルフレッドの手を摑んで停車場へと向かう。彼はなぜかとても驚いた目を向けた。

「シャノン、手が」

「あ……も、申し訳ございません!!」

許しも得ずに触れていたことに気づき、慌てて手を離す。だがすぐに逃がさないとでも言うように握り返された。

「ウィルフレッド、さま……?」

「……いや、何か……君と、手を繋ぎたく、なった……」

それはどういう意味だろう。妙に期待してしまいそうになる。

慌てて自分を叱咤し、シャノンははにかみながらも頷いた。

「そ、そうですね。こうしていたら、はぐれることもないですしね」

「そうだな。はぐれないように手を繋いで行こう」

互いの言葉がなんだかとても言い訳じみている。だが、どちらも気づかないふりをする。

そしてウィルフレッドがハッと気づいて呟いた。

「……荷物を、預けたままだ……」

申し訳なさげに言う様子がとても可愛く見え、シャノンは思わず小さく笑ってしまった。


異性と一緒にいてとても居心地がいい——そんなことを思うのは、生まれて初めてのことだった。

サマーヘイズ領の民は、とても素朴で裏表がない。辺境の地で、しかも五年前の流行り病で働き手の多くを失い、仲間同士で協力し合っていかなければ、とても乗り越えていけなかったのだろう。領民すべてがまるで一つの家族のようだった。歴代のサマーヘイズ伯爵たちが彼らに対して誠実に向き合ってきた実績と信頼もあるだろう。

その中にいると、変に警戒しなくていいから気楽だった。王都では国王を守るために誰が敵で誰が味方なのかを、常に見極めなければならないからだ。

どのようなことがきっかけで、これまで味方だった者が敵に回るかわからないのが、王都の貴族社会だ。

ここではその心配がほとんどないのだと、実感する。そしてシャノンの傍はそれ以上に居心地がいい。

明るい笑顔と柔らかな話し声、何かをして貰えば素直に感謝し、敬愛してくれる。とてもいい娘だ。彼女は自分の両親とは違って子供を愛しみ夫を敬愛し、民のことをよく考えて判断を下すことができる。領主の良き妻となるだろう。

(妻……)

自分の隣にいる姿を瞬時に想像してしまい、ウィルフレッドは軽く首を横に振った。

結婚は、簡単にするものではない。互いの家との関係性、将来の展望、何よりも互いにきちんと愛情がなければならない。そうでなければ、生まれた子供が不幸になる。

(私のように、人嫌いになる)

そもそもシャノンを妻に迎えたとして、彼女が王都で生活していけるか疑問だ。

素直で可愛らしく、当たり前のように人を信じる。王都の――貴族たちの様々な駆け引きに、きっと心を疲弊させてしまうだろう。

彼女にはそんな苦労をさせたくない。あの笑顔を、曇らせたくない。もっと穏やかで優しい貴族がいたら、そういう家に嫁ぐ方がいいのだ。

今日一日の思い出を振り返っていたはずなのに、気づけばシャノンのことを考えている。ウィルフレッドはベッドに潜り込んで深く嘆息し、目を閉じた。

(何か小難しいことを考えよう。そうすれば、シャノンのことを考えることもない)

頭の中で、王国の防衛機能はきちんと働いているかを改めて考え直す。改善点を洗い出しながら眠ったはずなのに、その夜見た夢は――シャノンとの情熱的な甘い情事だった。

これでは性に関心を持ち始めたばかりの青臭い少年だ。夢精までしていたことに愕然とする。

(シャノンを、欲望の対象として見ている……?)

初めての感覚に、戸惑うしかない。これは自分が彼女を――好きだ、ということなのだろうか。

万が一にもシャノンに襲いかかるようなことになってはいけないと、翌朝、恥を忍んでクレイグに相談すれば、彼は涙交じりにとても喜んだ。

「ええ、そうです。それが恋です。愛です。ウィルフレッドさまは、シャノンさまに恋しているのですよ」


朝の鍛錬は終わったはずなのに、ウィルフレッドはその日、午前中も鍛錬を続けると言って庭に出ていた。

シャノンでは相手ができないため、なんだかもどかしい。何かできることはないかとあれこれ考えたものの、水分補給用の飲み物と汗を掻いたとき用のタオルと着替えを用意して差し入れるくらいしかできない。

今日の鍛錬はどこか鬼気迫るものを感じ、見学したいなどとはとても申し出ることができなかった。何かあったのだろうか。

やがて昼食の準備をしなければならない頃合いになる。食べ応えのある量を用意した方がいいのではないかと料理長に伝えに行こうとしたとき、使用人が約束のない来訪者を伝えに来た。

祖父は出掛けている。ならば自分が対応しなければと誰が来たのか問えば、心当たりがない人物だった。

アラベラ・メイウェザー。誰だろう。

応接間に向かうと、見惚れてしまうほど品があり、伏し目がちの表情がなんとも美しい女性が、ソファに座っていた。

光に溶け込んでしまいそうな白銀の髪と、長い睫に縁取られた淡いグレーの瞳が、儚げな印象を与える。たおやかな雰囲気は思わず守ってやりたくなる感じだった。上品で清楚なデザインのドレスを纏い、自分とは違って日焼けなどまったくしていない瑞々しい透明な肌をしている。

シャノンを見て、彼女が会釈してきた。

何気ない仕草も品がある。貴婦人のお手本とは彼女のような存在を言うのだろうと本能的に悟る。

「約束もなく来てしまってごめんなさい」

声も綺麗だ。

「あ……い、いえ！　大丈夫、です！」

完全にアラベラの気配に呑まれ、洗練さからはほど遠い返事をしてしまう。アラベラがふわりと微笑んだ。

「そう言ってもらえて嬉しいわ。ありがとう。あの、あなたは……？」

「あ……も、申し遅れました。祖父が今、不在なので、私が対応させていただきます」

気を取り直し、名を告げる。美しい微笑で簡単な自己紹介を聞き終えたあと、アラベラは言った。

「ウィルフレッドさまのご様子が心配で……お怪我の様子はどうなのかしら？　体調はまだ優れないのかしら？　温泉で癒やされるよりも、やはりきちんと高名な医師のもとでしっかりと治療された方がいいのではないかしら？　数日でお戻りになられると仰っていたのに、まだお帰りにならないから、私、心配で心配で……」

伏せた目元にほんのりと淡い涙が滲む。アラベラはスカートを強く握り締め、かすかに身を震わせていた。

相当心配している。可哀想に思うほどで、シャノンは慌てて笑顔で言った。

「ウィルフレッドさまのお世話をさせていただいていますが、傷の方はもうすっかり完治しています。温泉も身体に合っているのか、とても快適に過ごされているようです。今は身体の休養というよりは、心の休養をされている感じです」

「……ずいぶんと、ウィルフレッドさまと親しいのね……？」

伏し目がちに肩を落として問いかけられ、シャノンは慌てて首を横に振った。変な誤解をされてしまっては、彼に迷惑が掛かるかもしれない。

「いえ、そういうわけでは……！　ウィルフレッドさまは優しい御方なので、よく話しかけてくださるだけです」

「あなたに、よく話しかけられるの？」

アラベラの瞳が、驚きに大きく見開かれた。その反応に戸惑いつつも正直に頷く。

「……そう……そうなの……あなたには……そう……」

　ブツブツと呟く仕草から不穏な気配が感じられ、シャノンは戸惑う。どうかしたのかと問いかけようとすると、扉がノックもなく突然開いた。

　ビクリと肩を震わせながら振り返ると、厳しい表情のウィルフレッドと、彼を宥めてでもいたのか柔和な笑みを浮かべつつも少し困った様子のクレイグが入ってきた。

　直後、素早い身のこなしでアラベラが立ち上がり、ウィルフレッドに走り寄る。

「ウィルフレッドさま、ご無事で……！」

　まるで妖精が空間を走っていったかのような可憐さだ。思わず見惚れてしまう。

「一向にお戻りにならないので、とても心配しておりました……。ウィルフレッドさま、どうか私と一緒に王都にお戻りくださいませ。ウィルフレッドさまのお世話は、私がいたしますから……！」

　胸に縋りつき、淡い涙を浮かべてじっとウィルフレッドを見上げ、アラベラは言う。こんなに可憐でいじらしい表情で願われたら、あっさりと頷いてしまいそうだ。

（こ、この様子だとお二人は……恋人同士、とか……!?）

　二人の間に何かあると思わせるだけの雰囲気だ。チクリと胸が痛くなる。

　固唾を呑むシャノンの前で、ウィルフレッドは端整な顔を歪め、アラベラの肩を摑み、容赦なく引き剝がした。

「私の恋人のような顔はするな。私とあなたの間には、どんな既成事実もないだろう。他者にそのように思わせるあなたの態度にはうんざりしているし、迷惑でもある。何度もそう言っているが、あなたは私の言葉が理解できない残念な頭脳の持主のようだ」

とんでもなく手厳しい言葉に、シャノンは唖然としてしまう。

確かに人嫌いだと――特に異性に対しては近づくことすら嫌悪する態度を見せていたが、これほどではなかった。自分から接触を持とうとはしないものの、普通の会話は成立していた。

アラベラが大粒の涙を浮かべる。耐えきれず、それが形の良い頬を滑り落ちた。

「……も、申し訳ございません……私はただ、ウィルフレッドさまが心配で堪らず……」

「その程度でこんなところまで来るとは、あなたは暇を持て余しているのか？　私に構っている暇があったら、メイウェザー伯爵家の令嬢としてもっとしなければならないことがあるはずではないのか？　日々を無為に過ごしてどうする？　それとも貴族は何もせず、金と日々を浪費するだけの存在だとでも言いたいのか？」

ウィルフレッドは冷酷な眼差しでアラベラを見下ろし、怒気をまったく隠さずに続けた。

「私はあなたを必要としていない。ならば早く帰るべきだろう」

「……ウィルフレッドさま……！」

さすがに言い過ぎではないかと、シャノンは窘めるように名を呼んでしまう。だがクレイグも困った表情をしているだけだ。

　ウィルフレッドが言った。

「彼女には構わなくていい」

「で、ですが……」

　二人の間に何かあると感じ取れるが、このまま彼女を帰してしまっていいのかと心配にもなる。

　シャノンはしばし思案したあとウィルフレッドの前に歩み寄り、彼を見上げて続けた。

「ここは辺境の地です。王都まで馬を走らせ続けて最低でも一両日掛かる場所です。アラベラさまを休憩させることもなくすぐに帰らせては、お身体が参ってしまうと思います。一晩、屋敷でお休みいただいて、明日、朝食後にお帰りいただくというのはどうでしょうか」

「そんな気遣いは必要ない。そもそも君が彼女に心を砕く必要がない」

　ウィルフレッドは退かない。

　自分の言葉が彼に届かないことが、なんだかとても悲しかった。二人の間にあった何かを知ることができれば、彼のこの頑なな態度にも理解を示せるのに。

（……違うわ。私自身がお二人の間に何があったのかを知りたいと思っているから……）

　これではまるでアラベラに嫉妬しているようだ。みっともない。

見合ったまま黙り込む様子を見かね、クレイグが言った。

「シャノンさまの仰ることも正しくはあります。このまま追い返したらロイドさまがまた乗り込んできて、延々と文句を仰るかと……」

「……む……」

知らない名が新たに出てきて戸惑う。

ウィルフレッドは今度はうんざりした顔になった。ロイドという人も、彼の心に相当の負担を掛ける相手らしい。

数瞬思案したあと、ウィルフレッドは苛立たしげに嘆息した。

「わかった。そうしてもらってもいいか、シャノン」

「もちろんです。お世話させていただきます」

「世話はしなくていい。放っておけ。行こう」

ウィルフレッドがシャノンの肩を抱き、客間を出るように促す。シャノンは慌てて止めた。

「使用人たちに指示を出さなければなりません。あとでウィルフレッドさまのところに参りますから」

ウィルフレッドの眉根がきつく寄せられたが、仕方なさそうに頷く。そして上体を倒して耳元に唇を寄せ、シャノンだけに聞こえるように低く囁いた。

「油断はしないでくれ。充分に気をつけるんだ」

まるで敵と対峙するときの忠告だ。アラベラが敵だなんて、その儚げな外見からはとても想像できず、戸惑いの方が強い。

だがウィルフレッドがここまで言うのだからと、神妙な顔で頷いた。

アラベラに挨拶することなく、ウィルフレッドはクレイグを連れて立ち去っていく。妙に張り詰めた空気も一緒に連れて行ってくれたようで、シャノンは思わずほうっと息を吐いた。

様子を確認すると、アラベラは持っていたハンカチで目尻をそっと拭っていた。風が吹けばそのまま倒れ伏してしまいそうな儚げな泣き顔だ。耐え忍ぶ横顔を見ると、可哀想になってくる。

どう声を掛けたらいいのかと迷っていると、涙を拭い終えたアラベラが感謝の笑みを浮かべた。

「気を遣ってくれてありがとう。それにとてもみっともないところを見せてしまって……恥ずかしいわ……」

「ウィルフレッドさまとの間に、何か事情があるのだと察し取れました。私が……出過ぎたまねをしたかもしれません……」

「いいえ、とても嬉しい気遣いだったわ。私……その、ウィルフレッドさまを……お慕い、しているの……」

恥ずかしげに目元を染めながらアラベラは言う。

その表情も守ってあげたくなるほど可憐だ。可愛い人や美人という類いの女性は領地にもいるが、こんなふうに儚げで消え入りそうな感じの女性は、身近にはまずいない。

(これが本当の『貴族のご令嬢』というものなのかも……)

辺境伯として伯爵の位を与えられているサマーヘイズ伯爵家だが、伯爵位を持つ者たちの中では最下位だ。アラベラのようでは、人の思う通りには決してならない自然豊かなこの地で領民を支え、導いていくことは難しい。……そもそも、土いじりなどとてもできないだろう。

自分とは生きる世界が違う人だ、としみじみ感じる。

(きっと、ウィルフレッドさまも)

「ウィルフレッドさまはとても素敵な方ですものね！　わかります」

胸の小さな痛みを呑み込み、シャノンは明るく言う。アラベラがぱあっ、と頬を輝かせた。

「ええ、そうよ。あなたもわかるのね。ウィルフレッドさまはとても素敵な方なの。誉れある騎士団長の位を陛下に与えられて、それを全うしていらっしゃる……。陛下の信頼も篤く、その期待に常に応えていらっしゃるのよ。凄いでしょう」

自分のことのように言うアラベラが、今度は可愛く見えた。ウィルフレッドに想いを寄せている様子がよくわかる。

(でも、ウィルフレッドさまはアラベラさまのことをずいぶん嫌っていらっしゃるようだったけれど……)

「私……ウィルフレッドさまとは一度、婚約のお話があって……」

——婚約。

シャノンは息を詰める。

アラベラはもじもじと両手を意味もなく揉み合わせながら、続けた。

「ああいう御方だから……お話はなくなってしまったのだけれど、私はずっとウィルフレッドさまをお慕いしているの……。だ、だから心配で、こんなところまで来てしまったのだけれど……明日帰らなければならないのならば、少しだけでもいいから二人だけでお話できる時間が欲しいわ。その時間を何とか作ってくれないかしら⁉」

次の瞬間には両手を握られる。潤んだ瞳はまさに捨てられた子犬のそれで、断ることが罪に思えてしまうほどだ。

危うく頷きそうになるのを堪え、シャノンは言った。

「申し訳ございません。そういうご協力はできません。何だか……ウィルフレッドさまを騙しているような感じがしますから……」

「騙すだなんて……！　そんなつもりはないの。ただウィルフレッドさまと二人きりでお話がしたいだけなの」

「お誘いの手紙を届ける程度のお使いならば、喜んで。でもそれ以上のことは、したくありません」

（だって、ウィルフレッドさまはアラベラさまのことを警戒されていた）

理由はわからない。だが、二人の間に何かあることは間違いない。彼が望んでもいないのにお膳立てすることは、彼を裏切るように思えて嫌だった。

アラベラは黙り込み、目を伏せる。

「そう……無理なお願いをしてしまってごめんなさい。今言ったことは、忘れて。一人で……頑張ってみるわ……」

深く頭を下げて謝罪してから、応接間を出る。

アラベラの部屋を整えるために手の空いている使用人を探しつつ、廊下を進む。角を曲がると、ウィルフレッドが壁に軽くもたれかかっていた。

「ウィルフレッドさま!?　どうしたのですか、こんなところで……」

「少し心配だっただけだ。アラベラに何か言われたか？」

先ほどのことを話したところで、何の意味もない。シャノンは微笑んで小さく首を横に振った。

「いいえ、何も。ただ少し、他愛ない女同士の話をしただけです」

探るようにウィルフレッドが見つめてくる。だがすぐに軽く嘆息すると、シャノンの肩を抱き寄せて食堂へと向かった。

「昼食の時間が遅くなった。早く行こう」

アラベラにも昼食を用意しなければ。ちょうど見つけた使用人に部屋の用意と彼女の分の昼食の用意を命じると、ウィルフレッドが感謝の笑みをくれた。

「……気を遣わせて、すまんな……」

「お気になさらないでください」

二人の間にいったい何があったのだろう。それを問いかけたい気持ちを堪えて笑みを浮かべ続けるのは、思った以上に難しいことだった。

気になることはあるとはいえ、アラベラは高位貴族だ。丁重にもてなさなければならない。ウィルフレッドと極力顔を合わせないようにと配慮しつつも色々な指示を使用人に与えていると、まだ夕方だというのにとても疲れてしまった。

少しだけ休もう、と自室に戻り、ソファに座る前に何気なく窓の外を眺める。傾きかけた夕日の中、庭を散策しているウィルフレッドの姿が見えた。

まだ夜は冷える時期だ。太陽の光が弱くなり始めている時間帯なのだから、シャツ一枚では肌寒い。

何か羽織るものを持って行こうかと思った直後、庭にアラベラがやって来た。その腕には男物のジャケットが掛けられている。

アラベラが声を掛けると、ウィルフレッドは足を止めずにチラリと肩越しに視線を投げた。特に返事をせず、彼女を気にも留めず再び散策を続ける。

アラベラは慌てて小走りで隣に並び、ジャケットを差し出した。ウィルフレッドが断る。悲しげに目を伏せたものの引き下がるつもりはないらしい。そのまま彼の隣についていった。

(本当にアラベラさまは……ウィルフレッドさまをお好きなのね……)

二人が並んで歩く姿は、会話が一切なくともとてもお似合いだった。ウィルフレッドの隣に並ぶのならば、どこからどう見ても高貴な令嬢とわかる、美しく儚げで、品のある女性がいいのだろう。

自分では、不釣り合いだ。

(私だと……そうね。平民よりちょっと育ちがいいように見えるだけだろうし……)

ウィルフレッドは、自分とは違う世界の住人だ。アラベラが来たことによって、それを思い知らされた気がした。

二人に何か言われたわけではない。ウィルフレッドはそんなことを気にもしていないだろう。自分が勝手に打ちのめされているだけだ。

(何をいじけているのかしら。駄目ね、私)

沈む気持ちを振り払い、シャノンは厨房に向かう。

料理長の手伝いでもして、今日はもうくたくたに疲れてしまおう。そうすれば余計なことを考えなくて済む。


何かあったのかと厨房の使用人たちは心配げな目を向けたものの、料理長は何も聞かず晩餐用のパンを作ってくれないかと言っただけだった。無心にパンを作っていると、揺れる心も少し落ち着いてくる。

(そもそも本当ならば、ウィルフレッドさまは我が家にやって来るような御方ではないんだもの。もうすぐ王都にお帰りになってしまう方のことをあれこれ考えても仕方ないわ。お世話することだけを考えて、それで終わりにすればいいのよ)

そう結論づけると、物寂しい気持ちもあったが割り切れそうな気がした。だが晩餐の席に着いて顔を合わせるなり、ウィルフレッドは何かあったのかと問いかけてくる。

何もないと答えたが、納得した様子ではなかった。顔に出さないように気をつけていたのに、どうしてこうも容易く看破されてしまうのだろう。

客人に心配されてしまうなど、駄目だ。明日はちゃんとしなければ。

そんなことを考えながら寝仕度を調え、そろそろベッドに入ろうとしたとき、扉がノックされた。こんな時間に何かあったのだろうかと扉を開けば、そこにいたのはウィルフレッドだった。

片手にトレーを持ち、そこに酒の入ったグラスと、温かな香草茶が入ったカップがある。寝間着にガウンを羽織った格好のウィルフレッドに、シャノンは慌てた。

「どうしたのですか、ウィルフレッドさま！　お呼びいただければすぐに参りましたのに……少しお待ちください。着替えてきます！」

「いや、違う。別に用があるわけじゃない。どうにもその……君のことが心配でな。元気がなかったから……アラベラに何か言われたんじゃないか？」

ドキリ、と鼓動が小さく震える。そんなに心配してくれたとは、意外だった。

「こんな時間にどうかとも思ったんだが……アラベラのことで気兼ねなく話をするならば、二人きりの方がいいかと思ってな。もちろん、話を聞いたらすぐに部屋に戻る。誓って、君には何もしない」

（してもいいのに）

そんなことを瞬時に思ってしまい、驚く。顔が少し赤くなったが、何よりもウィルフレッドの気持ちが嬉しかった。

「お気遣いいただいて嬉しいです！　お茶、いただきたいです。どうぞ」

安堵の息を小さく吐いて、ウィルフレッドが中に入った。シャノンはソファに彼を導く。

一人掛け用のソファに向かい合って座り、手渡されたカップを受け取る。指先が一瞬触れ、剣をふるう硬い感触にドキリとした。

香草茶には蜂蜜が入れてあって、ほんのりとした甘さがとても美味しい。身体が芯から温まるのを感じ、シャノンは改めて礼を言った。

「心配させてしまってすみません。お茶、とても美味しいです」

「作ったのは使用人だがな。私はこういうのはどうもよくわからん。料理ができないわけではないんだが……」

「……料理……されるのですか……？」

一番縁がなさそうなのに、驚きだ。ウィルフレッドはグラスの酒を口にしながら、低く笑った。

「繊細な料理や家庭料理はまったく駄目だが、戦地での野外料理などは得意だ。大味でも大丈夫だし、煮込んでおけば大抵美味くなる。あとは適当に塩を振って焼けば、何とかなる」

豪快なレシピに思わず声を立てて笑う。ウィルフレッドは他にも、行軍中の思わず笑ってしまう話をいくつか聞かせてくれた。

彼のグラスの中身が空になった頃には心がとても温まり、頬に笑みが浮かんだ。

「あの……アラベラさまが私に何か言ってきたわけではないんです。少し考えることができてしまって……それは私自身が気持ちに区切りをつけなければならないことで……だから……その、みんなに心配かけるつもりはなくて……」

「なるほど。ならば私は、君が結果を出すのを見守っていればいいか？」

頷くと、ウィルフレッドが目を優しい微笑の形に細めた。

「だが何か話せることがあったら、遠慮なく言ってくれ。世話になった礼に、できる限り君の力になりたいと思っている」

包み込まれるような言葉が、嬉しかった。シャノンは安心させるために改めて笑みを浮かべた。

「……さて、これ以上長居するのは駄目だろうな。部屋に戻る」

「はい、ありがとうございました。お部屋にお送りしま……」

「いや、大丈夫だ。せっかく身体が茶で温まっている。このままベッドに……」

ふいにウィルフレッドの声が揺れ、立ち上がりかけた身体がふらついた。酩酊したかのような仕草に驚き、慌てて支える。

だが体格差があるため、一緒に床に倒れ込んでしまった。ウィルフレッドが上手く動かない身体ながらも、下になって庇ってくれる。

「……ごめんなさい!!　大丈夫ですか!?」

慌てて身を起こすが、ウィルフレッドは答えない。きつく眉根を寄せ、床に仰向けに転がったままだ。何かが、おかしい。

息が荒く、浅い。頬が赤く、瞳が熱っぽく潤んでいた。発熱状態によく似ていて、身体も熱を持ち始めている。

（お酒のせいで……!?　でも、お酒に弱い様子はまったくなかったのに……！）

食事の際に祖父と酒を酌み交わすこともあったが、とにかく酒豪だった。呑んでもほとんど酔わなかった。それがいったいどうして急に!?

「……お医者さまを呼んできますから……っ!!」

怪我や軽い病気ならば、自分で薬草を調合できる。だが知識を持っていない病気では対応しようがない。

それにウィルフレッドをベッドに運びたくとも、自分の力ではとても無理だった。

「待、て……医者は、いい……クレイグを、呼んで……きてくれ……」

言いながらウィルフレッドは身を起こそうとする。それを支えようと手を伸ばすと、厳しい声で拒まれた。

「触るな！」

初めて聞く本気の怒声だった。大きく震え、知らず涙目で見返してしまう。

ウィルフレッドはハッと我に返ると、苛立たしげに前髪を掻き上げた。

「すまん……だが、今は私に触れるな。何をしでかすか、わからん……っ」

どういうことなのかさっぱりわからない。ただわかるのは、ウィルフレッドがとても辛そうだということだ。何かしたくて、シャノンは言う。

「せめて、ベッドに入るまではお手伝いさせてください。どこで倒れられるか心配です」

「駄目だ。私に近づくな。触れるな。絶対だ！　それ以上近づいたら、どうなっても知らないぞ!!」

頭ごなしに叱りつけられ、再び身を震わせる。揺れる瞳を向けると、ウィルフレッドが小さく息を呑んだ。そして何かに吸い寄せられるようにこちらに手を伸ばし——ハッと我に返ってやめる。

ウィルフレッドは利き手を強く拳に握り締め、額に押しつけた。ぎゅっと眉根を寄せ、呻く。

「これは、媚薬だ……」

(——媚薬)

異国の言葉を聞いたように、シャノンは動きを止めた。知識としては知っている単語を理解した直後、顔が熱くなった。

（え……媚薬って……あの媚薬よね!?　そ、その……不埒な気持ちになって、異性が欲しくて堪らなくなって……）

体内の燻《くすぶ》る熱を逃がすためか、ウィルフレッドが息を吐いた。その表情は苦悶のそれだ。こちらを見つめる瞳は、今にも襲いかかってきそうなほど、獣性を匂わせる熱を孕んでいる。

これまでのウィルフレッドからは想像もできない様子だ。息を呑んでしまうが、恐怖は覚えない。こんな顔もするのかと、新鮮な驚きとときめきを覚える。

「……くそ……あの女の仕業だな……。まさかここで、私との既成事実を作って婚儀にまで持ち込むつもりか……？　しかし、きつい……なんだ、この効力の強さは……私でなければ、理性を、失う、ぞ……厄介なものを、持ってきて……」

熱を孕んだ声で、ブツブツとウィルフレッドは呟く。思考を纏めるために声を発しているのだとわかるが、とんでもない事実に仰天した。

あの女というのはおそらく、彼が毛嫌いしているアラベラのことだろう。今日来たばかりの彼女がいったいどうやって、彼の酒に媚薬など仕込んだのか。媚薬を飲んだ彼を、どうするつもりだったのか。

（ウィルフレッドさまの気持ちなんて、どうでもいいということ!?）

それとも想いが暴走しての企みなのだろうか。どちらにしても、許せるわけがない。

「……ああ、くそ……頭が、朦朧と……する……。とにかく、君は……ここから出て……」

ふらつく身体で、ウィルフレッドが立ち上がった。すぐにぐらりと身体が傾ぎ、反射的に支えるために駆け寄る。ウィルフレッドが踏ん張ってくれたおかげで、二人一緒に倒れ込むことは防げた。

だが、抱き合うほどに密着する。

ウィルフレッドの身体が、ビクリと強張った。制止されていたのにいけないと、シャノンは慌てて離れようとする。

直後、ウィルフレッドが左腕できつく抱き締め、右手で後頭部を摑んで強引に上向かせ──くちづけてきた。

「……っ⁉」

突然のくちづけに大きく目を瞠り、身を強張らせる。唇がぶつけるように押し合わされた。すぐにウィルフレッドが顔を離す。

我に返ったのかと安堵する間もなく、両腕に力が加わり、再び唇を押しつけられた。擦りつけられ、感触を味わうように啄《ついば》まれ、軽く首を振る仕草で唇を開かされる。

初めて尽くしの仕草に応えることなどできない。戸惑って強張った唇を、ウィルフレッドは苛立たしげな嘆息とともに強引に押し開いた。

「……う、うん……っ⁉」

ぬるりとした肉厚の熱いものが口中に入り込んできて、驚く。それは唇の内側を這い、歯列をなぞり、そのまま喉奥に侵入するほどの勢いで舌に絡みついてきた。

「……ふ……うぅ……っ」

ウィルフレッドの舌だ、と気づき、反射的に離れようとする。だががっちりと抱き締められていることに加え、逃げるのを許さないとでも言うように後頭部に回った手がさらに引き寄せてきた。

くちづけのあまりの深さにかちり、と前歯が軽く当たってしまう。

(な、に……何、これ……!?)

舌を搦め取られ、舐め合わされる。自然と唾液が滲み出し、ウィルフレッドの舌が動くたびにくちゅくちゅと淫らな水音が上がった。

口中を味わい掻き回す舌の動きに、抵抗の力がどんどん失われていく。激しく貪られるくちづけは信じられないほど気持ちよく、下腹部に疼きとともに甘い熱が生まれ、膝から力が抜けていくのだ。

呼吸が上手くできず、クラクラしてくる。ウィルフレッドも息苦しそうなのに、やめる気配がまったくない。時折呼吸をするためにほんのわずか、唇を離しても、すぐにまたくちづけてくるのだ。

「……ん……んぅ……っ」

　空気を求めて、本能的に逃げ腰になる。すると彼の胸で乳房が押し潰されるほどきつく引き寄せられた。

　混じり合った唾液が不思議と甘く感じられ、口端から零れそうになるのを飲み込む。ウィルフレッドもまた、角度を何度も変えながら深いくちづけを繰り返し、喉を鳴らした。

　身体から完全に力が抜けてしまっても、抱き支えられているから危なげない。それどころかくちづけられたまま抱き上げられ、大股で奥の寝室に運ばれてしまう。

　ベッドに押し倒されても、くちづけは終わらない。逞しく重い身体が逃げ出せないようにのしかかってくる。両手は指を絡めて握り締められ、シーツに沈められた。

　窒息死させられるのではないかと思うほどの深いくちづけに甘く酔わされ、このまま彼のものになってしまいたい欲求が自然と湧いてきた。

　あまりにも自然すぎる気持ちが、唐突にシャノンに教えてきた。

（ウィルフレッドさまのものになりたい——それは私が、ウィルフレッドさまのことを好き、ということ）

　は……っ、と目を瞠る。ウィルフレッドがようやく唇を離し、睫が触れ合いそうなほど近くで瞳を覗き込んできた。

　アイスブルーの瞳は、初めて見る餓えた熱情で底光りしている。呼吸が荒いのは、今にも襲いかかろうとする気持ちを必死に堪えているためだろう。

食い入るように見下ろされ、ゾクリとする。指を絡め合っていた右手が外れ、シャノンの髪を、喉を、肩を撫で下ろしてきた。

肌がざわつく心地よさに、思わず息を震わせる。ウィルフレッドが息を呑み、小さく呻いたあと、言った。

「……クレイグを、呼んでくるんだ……このままだと、どうなっても……知らん、ぞ……」

理性を保とうとする部分と媚薬に呑まれている部分が、言葉と行動をちぐはぐにしていた。

喉を擽《くすぐ》っていた指先が、つ……っ、と下り、薄い寝間着の生地越しに胸の谷間を目指していく。かすかに身を震わせると、ウィルフレッドの瞳の熱が、強くなった。

「……今なら……まだ……」

は……っ、と耐えるために息を吐き出すと、きつく眉根を寄せて目を閉じる。媚薬と戦ってくれていることがわかって嬉しいと同時に、これほど辛い想いをさせてしまうのが嫌だった。

(それは、とても浅はかな考えだけれど)

おそらくは数日のうちに、彼との別れは来る。そして自分では、彼の傍にい続けることはできない身分の差がある。決して、手に入らない人だ。

媚薬のせいとはいえ、これほどまでに自分を欲しいと思ってくれている。たとえひとときだけの肉体的な欲求だとしても、応えたいと思うのは——いけないことだろうか。

シャノンはウィルフレッドの頬を両手で包み込み、自分からくちづけた。驚きに大きく目を見開いた彼に、そっと微笑みかける。

「ウィルフレッドさまがしたいようにして……いい、です……。た、多分……その、媚薬を抜くためには、女性を……抱かないと駄目、なのですよね……？　ど、どうしたらいいのかは具体的によくわかっていないので、ウィルフレッドさまにお任せしてしまいますが、どうぞ私を好きに使ってください」

「……君、は……何を言っているのか、わかっているのか……？」

最後に残った理性で、ウィルフレッドが問いかける。シャノンは小さく息を呑んだあと、はっきりと頷いた。

「わかっています。それでいいと、私は思……っ」

直後に口を塞がれ、言葉も呼吸も呑み込まれる。目眩がし、意識が蕩けそうになるほどの激しく熱い——けれども甘いくちづけに、されるがままになる。

「ん……んん……ウィル、フレッド、さま……っ」

「は……っ、シャノ、ン……シャノン……っ」

ウィルフレッドの大きな両手が全身を這い回り、ガウンと寝間着を脱がせた。

ひどくもどかしげで、上手く脱がせられないところは布を引き裂いて肌から引き剝がす。

布地が裂ける音が耳に届いて驚くが、すぐさま直接肌に触れられ、小さく震えることしかできない。

ウィルフレッドの手が、乳房を包み込んだ。きゅうっ、と十本の指が膨らみに深く沈み込み、揉みしだく。

「……う……んっ、んぅ……んっ」

感触を確かめる愛撫には、小さな痛みが伴った。くちづけの合間に思わず苦痛の呻きを零すと、ウィルフレッドが慌てて手を離す。

「すまん！　強かったか……？」

「……ん……だ、大丈夫、です……」

ようやく唇が離れ、息も絶え絶えになりながら答える。ウィルフレッドはとても申し訳なさそうな顔になったものの、すぐに興奮したように目元を赤らめて言った。

「……悪い……こういうことに慣れていないもので、な……。なのに何だろう、な……君の泣き顔に、ゾクゾクしてきた……」

ウィルフレッドが目元に滲んだ涙を舐め取る。舌の熱に、ビクリと震えた。

「……あ……あっ、あぁ……っ」

じっと反応を見つめながら、ウィルフレッドが乳房を押し上げ、捏ね回す。彼の手によって自在に形を変える様子がとてもいやらしい。

「凄い、な……女の胸はこんなに柔らかいのか……？　無理矢理触らされたときには、ただ気持ち悪かっただけだが……君のは、いい……ずっと触っていたくなる……」

媚薬のためか、絶対に口にしないだろう言葉をウィルフレッドは言う。恥ずかしさと同時に、彼を誘惑してきた女性たちの強引すぎる様子に怒りを覚えた。

「こんなに柔らかくて気持ちのいいものに触れるのは、初めてだ……」

「……んぅ……んっ、ん……っ」

胸を揉みしだかれていると、身体の奥に——足の付け根の秘められた場所に、甘く疼くような熱を感じ始める。それがとても淫らな気持ちにさせ、堪えようとしてもどうしてもできず、小さな喘ぎが零れてしまった。

「私は君の胸を揉んでいると、とても気持ちがいいが……君は、どうだ？　私に胸を揉まれて、気持ちがいいか？」

とんでもなく恥ずかしいことを真面目な声で、けれども表情は興奮した男の色気を滲ませた綺麗な顔で言ってくる。シャノンはどうしたらいいのかわからず、目を伏せて唇を噛み締めた。

（とても、気持ちがいいけれど……そ、そんなことを正直に言えるわけが……っ!!）

ウィルフレッドが唇を寄せ、ぺろりとシャノンの唇を舐めた。驚いて口が開くとすぐさま舌を搦め捕られ、舌先を強く吸われる。

「んんーっ!!」

舌の根が痺れそうなほどの仕草に目を瞠る。

「……あ……な、に……っ？」

「傷が、つく……。どんな傷も……駄目、だ」

言いながらも胸の愛撫は続けられていて、指先がふと乳首を掠めた。たったそれだけで敏感に反応してしまい、小さく腰を震わせて喘ぐ。

「……あぁ……っ」

ウィルフレッドが驚きに軽く目を瞠った。

「……今の声、凄く可愛くて……いい……」

「あ……っ、待、待……っ、あ!!」

止める間もなく、ウィルフレッドは人差し指で胸の頂きを軽く弾き、押し揉む。

「……硬くなって、きた……。もっとしたくなる、な……」

中指と親指で乳首を挟むと、すりすりと側面を指の腹で擦り立ててくる。新たな快感が胸から全身に広がり、シャノンはウィルフレッドの胸を押した。

「や……駄目、です……そ、んな……弄った、ら……」

「すまん……下手、か……？」

「違……声、が……」

また喘ぎが零れそうになり、シャノンは唇を噛み締めようとする。すかさずウィルフレッドが唇を舐めて阻んだ。

「……あぁっ、や……駄目……それ、あぁ……っ」

人差し指の爪先で、ぷっくりと硬くなる乳首を引っかかれる。シャノンは胸を突き出すように仰け反った。

ウィルフレッドは指の動きを止めず、こちらを見つめたまま、腰を恥丘に押しつけてきた。のしかかられているため自然と足の間に逞しい身体が入り込み、膝を開かされてしまう。

何か硬いものが、ぐりり、と、恥丘に押しつけられた。

「……本当に、不思議だ……君の、その乱れた様子を見ているだけで……もう、私のもの、が……こんなになってしまっている……」

「それ、は……媚薬の、せい、で……」

変な罪悪感を持って欲しくない。それにこれは、自分が求めたことでもある。

ウィルフレッドが苦笑した。

「いや、媚薬はきっかけにすぎない……私が、君を欲しいと思う気持ちは、媚薬を盛られる前からあったものだ……」

それはいったいどういう意味なのか。問いただそうとするより早く、ウィルフレッドが続けた。

「——シャノン、私は変態かもしれない」

「え……？」

突然そんなふうに切り出され、戸惑いに言葉を失う。ウィルフレッドは真面目な顔で言った。

「君の身体を舐め回したい」

「……は……え……？　ああっ⁉」

指の愛撫で恥ずかしいほどに凝り立った乳首を、ウィルフレッドが舌で舐め始めた。

舌先でちろちろと舐められる。必死で声を殺していたが、耐えきれずに喘ぐと大胆に口にくわえ、熱い口中で上下左右に転がした。

嬲《なぶ》るように舌が動き、吸い上げる。唇で乳首の根元を挟み、擦った。

反対側の頂は指で執拗なほど弄ってくる。二種の愛撫はシャノンを惑乱し、震わせた。

「……あ……や……そ、んな……ああっ」

乳首が唾液で濡れ光るまで丹念に愛撫すると、ウィルフレッドは宣言通り、シャノンの身体を舐め回し始めた。

項や鎖骨はもちろんのこと、脇の下や腰骨、背筋や尻の丸み、膝の裏やふくらはぎなど、興味を持った部分に唇を、舌を這わせ、シャノンが少しでも心地よさげに反応したところ

は丹念に愛撫された。足の付け根のきわどいところも、くちづけの痕を残すほどに吸われる。

（あ……でも、もっと……奥、に……）

秘められた場所が、熱く疼いている。だがウィルフレッドは、そこが神聖な場所とでも言うように、なかなか触れてこない。

触れたそうに淡い茂みを擽り、恥丘を指で優しく押し揉んだりするのに、触れない。

（……まるで……焦らされている……みたい、で……）

蜜がじわりと滲み出しているのを自覚する。身じろぐたびにほんのかすかな水音が上がって、恥ずかしい。きっと気づかれているだろう。

ようやくウィルフレッドが熱く掠れた声で言った。

「……君のここに、触れてもいいだろうか……」

ふに、と指先で割れ目をそっと押される。たったそれだけでも待ちわびた入口は疼き、シャノンの腰が跳ねた。

「……あぁっ」

返事をしなくとも、甘い喘ぎが答えている。ウィルフレッドは嬉しそうに低く笑うと、シャノンの内腿を掌でぐっ、と押し広げた。

何をしようとしているのかを瞬時に悟り、止めようと慌てて上体を起こし、両手を伸ばす。だがウィルフレッドはそれよりも早く恥丘にくちづけ、そのまま濡れた秘裂に唇を押し当てた。

「……ひゃ……ぁ……っ!!」

生温かい柔らかな舌の感触が、秘裂を優しく舐め解していく。

舌が上下にねっとりと動く。シャノンは彼の艶やかな黒髪を両手できつく握り締め、身体を仰け反らせた。

頭皮が引きつれる痛みがあるだろうに、ウィルフレッドはまったく気にしない。それどころか腰が浮いたのをいいことに、臀部を両手でがっちりと掴んで、口淫しやすい位置に固定する。花弁を舐めていた舌先が、中に押し入ってきた。

「……あ……あぁ……そんなとこ、駄目ぇ……」

舌が動くたび蜜と絡んで、ぬちゅ、くちゅ、と淫らな水音が上がった。不浄の場所だと思うのに、ウィルフレッドは何かに憑かれたかのように夢中で啜ってくる。

「女の、股を……味わうなど、絶対にないと……思っていたが……君は、別だな……っ」

「んぅ、あっ、あっ」

「……ん……もっと、欲しい……。もっと、だ。もっと……!」

蜜を掻き出すためか、舌がさらに奥に入り込んでくる。鼻先が姿を見せ始めた花芽を擽り、シャノンはウィルフレッドの髪をさらに強く掴んで身を震わせた。

（ああっ、何……っ!?　こんな……気持ち、いい……っ）

ひときわいい反応を見せたことに気づき、ウィルフレッドがぬぽ、と舌を抜いた。愛撫から解放されると息を吐く間もなく、彼は花芽を人差し指の腹で捕らえ、くるくると転がす。

「……あ……そこ、いや……駄目……っ」

言いようのない気持ちよさがやって来て、ひくひくと震えながら首を横に振る。

「……ここが、感じるところ、だな……」

舌先で転がされ、優しく皮を剝かれる。剝き出しにされた敏感な秘芽を、ウィルフレッドは舌で舐め擽りつつ、人差し指と親指の腹で優しく擦り立ててきた。

強烈な快感が全身を襲い、走り抜け、シャノンは大きく目を見開き涙を零す。

「ああっ!!　ああっ、いやぁっ!!　そこ、駄目ぇっ!!」

心と身体がついていかず、いやいやと首を打ち振って悶える。だが逃げ腰になる身体をしっかりと捕らえられ、気の済むまでたっぷり味わわれてしまう。

合間に幾度も絶頂を迎え、しまいには喘ぐ声が掠れるほどだ。ようやくウィルフレッドが蜜壺から顔を上げたときには息も絶え絶えで、次々と与えられる快感に視界が涙で霞んでいた。

シーツを握り締める力もなく、ぐったりとベッドに仰向けに沈み込む。ウィルフレッドは蜜で汚れた唇を舌で舐め取ると、熱く荒い呼吸をもう抑えることもせず、もどかしげに寝間着を脱ぎ捨てた。

腹につきそうなほど反り返った男根を、ぼんやりとした視線で捉える。あれは何、と思うと、ウィルフレッドが肉棒を秘裂に擦りつけた。

太く長い肉竿で割れ目を前後に擦りながらウィルフレッドがくちづけてきた。舌を絡め合わせる気持ちよさに、シャノンはうっとりと目を閉じる。

直後、圧迫感と——言葉にできない痛みが足の間に生まれた。

「……んぅ……っ？」

くちづけられたまま、目を見開く。ウィルフレッドも目を見開いていて、こちらをじっと見つめていた。

（な、に……何か、私の、中、に……）

様子を窺いながら——けれども決して逃がさないように、肉竿が入り込んでくる。あれほど蕩けきっていた身体は瞬時に硬く強張り、シャノンは反射的にのしかかる身体を押し返そうとした。

ウィルフレッドが深くくちづけたまま、抱き締め返してくる。体格差ゆえに腕の中にすっぽりと包み込まれ、身動きができない。

「……ん……んぅ……んー……っ!!」

広い背中に腕を回し、痛みに耐えるために爪を立てる。ウィルフレッドは一瞬顔を顰めたものの、宥めるように舌を搦め捕るくちづけを続ける。

ずぶずぶと男根が根元まで入り込んでくる。大した時間でもないはずなのに、永遠に続くかと思えた。

ずきずきとした疼痛がある。だが、互いの秘所はまるで誂えたかのようにぴったりと吸いつき、違和感がない。狭い膣内を押し広げられている圧迫感に眉根を寄せ、痛みをやり過ごすためにウィルフレッドにしがみつく。

ウィルフレッドは落ち着くまで深く甘いくちづけを繰り返し、左腕でしっかりと抱き締め返して、右手で乳房や乳首、腰骨や臀部を官能的に撫でた。まだ覚えたての快感をじわりと思い出すと、強張った身体から徐々に力が抜け、膣内もゆっくりとだが確実に解れていく。

「……あ……はぁ……ん……っ」

ようやくくちづけから解放され、空気を求めて大きく呼吸する。ウィルフレッドが目元に滲んだ涙を吸い取り、額を押し合わせた。

「……大丈夫、か……？」

問いかける声が、苦しげだ。シャノンは小さく頷き、かすかに身じろぎする。ウィルフレッドが、息を詰めた。

彼の両手が臀部に下り、身動きしないように固定した。だが膣内はシャノンの意思にかかわらず、ひくついている。

「……頼、む……動かないで、くれ……さすがに、今の状況では、辛い……」

請われても、どうしたらいいのかわからない。ただはっきりとわかるのは、彼が何かに耐えてくれていることだ。

(媚薬の作用で、理性を保つことすら難しいはずなのに……それでも、私を気遣ってくださる……)

愛おしく思う気持ちが、自然と湧いてきた。それが身体に伝わったのだろうか。少し痛みが引き、蜜がまた滲み出す。

ウィルフレッドが熱い息を吐く。

「……これは……とても、抗いがたい誘惑、だ……君の中が、これほど熱くて気持ちがいいとは、思わなかった……。今すぐにでも、動いて……く、う……滅茶苦茶に、したく、なる……っ」

(そう……なの?)

自分ではよくわからない。だが女として褒めてもらえたようで、嬉しかった。それがきゅんっ、と男根を締めつけ、奥へ導く。

ウィルフレッドが奥歯を噛み締め、息を詰める。何かまずいことをしてしまったのかと頬を強張らせると、安心させるように腰を撫でられた。

小さく甘い喘ぎを漏らすと、ウィルフレッドが軽く腰を突き上げる。疼痛は消えていないが、膣内を優しく押し広げられると不思議と甘い快感がじんわりと広がっていった。

その反応を見て、ウィルフレッドが柔らかくくちづけながら、今度はゆっくりと腰を引く。熱く濡れた肉壁を男根の笠のように張った部分で擦られると、快感が強まった。

「……ウィルフレッド、さま……っ」

初めて知る快感に、心が戸惑う。

痛みの奥から確かにやってくるそれに包み込まれると、とても淫らになってしまいそうで怖い。そんな自分を見たら、彼はどう思うだろうか。

「……どう、した……？」

ゆっくりと出入りしながら、ウィルフレッドが熱に掠れた声で問いかける。引き抜かれるときに感じる部分を刺激され、広い胸に縋りつくと、今度はそこを緩やかに連続して突かれた。

「……あ……あ、嫌……こわ、い……」

「何が、だ……？」

「私……私、何か……」

この甘やかな恐怖を、どう伝えればいいのかわからない。快楽に涙を滲ませた瞳で見返すと、ウィルフレッドが優しく微笑んだ。

「怖いか。ならば、しがみついてくれていい」

ウィルフレッドが柔らかく抱き締めてくれる。その首に両腕を回してしがみつくと、彼の腰の動きが徐々に速さと激しさを増した。

「……あ、あ……あ……！　駄目……駄目、ウィルフレッドさま……っ!!」

揺さぶり上げるように突かれる。

ウィルフレッドの首にしがみつき、シャノンはその耳元で喘ぐ。そして泣き濡れた声で駄目だと嘆願した。だが彼は止まるどころか、ますます激しく動く。

「あ……嫌ぁ……ああっ!!」

本能的に逃げようとするのをウィルフレッドは自分の身体を押し被せて押さえ込み、腰を打ち振る。シャノンをきつく抱き締め、深くくちづけ、ぐっと奥に押し入った。

「……んぅ……ふ、ん……っ」

「……はぁ……シャノン……っ。私の方が、駄目だ……もう、我慢は無理、だ……っ」

ウィルフレッドが低く呻き、シャノンの肩を掴んでシーツに押さえつけた。そのままで腰を打ち振る。抽送に合わせて乳房が揺れ、力の入らない足が揺れ動いた。

汗ばんだ肌がぶつかり合う音、繋がった場所から上がる淫らな水音、覆い被さられ舌を搦め捕られ強く吸われるくちづけの音――ウィルフレッドと自分の荒い呼吸音、それらすべてが混ざり合い、快感に繋がっていく。

「……は、シャノン……出る……っ！」

軽く仰け反りながら強く腰を打ち込み、ウィルフレッドが戦慄く。同時にシャノンも絶頂に達し、夢中で彼の両手をきつく握り、両足を引き締まった腰に絡めて震えた。

互いの秘部が、ぴったりと吸いつくように密着する。ウィルフレッドの熱い精が放たれ、小さな蜜壺を満たした。

「……ふ、ぁ……あぁ……」

どくどくと注ぎ込まれる熱に、茫洋《ぼうよう》とした瞳で喘ぐ。ウィルフレッドは感じ入ったひどく色気のある表情でこちらを見下ろし、最後の一滴まで飲ませるためか、秘部を密着させたままでぐい、ぐいっ、と何度か腰を押し入れてきた。

こめかみから滑り落ちた汗が、ぽたり、と胸の谷間に落ちる。その雫の感触にも打ち震えてしまう。

ウィルフレッドが大きく息を吐き、汗で額や頬に貼りついた髪を指先で優しく払いのけてくれる。息が整わず、胸が上下してしまっていたが、何とも言えない充足感があった。

乱れた息を繰り返しながらも、ウィルフレッドがくちづけてくる。落ち着きを少し取り戻したのか、優しく労わるくちづけだ。

「……すまない。激しくしてしまった……大丈夫か……？」

上手く声を出すことができず、シャノンは小さく頷く。ウィルフレッドが愛おしげに目を細め、目尻に滲んだ涙を唇で吸い取った。

「ありがとう、シャノン。とても……素晴らしかった……」

「……く、すりの……方、は……？」

掠れた声で、問いかける。ウィルフレッドは安心させるように微笑んだ。

「ああ、もうすっかり抜けた。君のおかげだ。だが……今度は、私の欲望が、抑えきれないようだ……」

「……え……あ……あぁ……っ？」

奥深くに入り込んだままだった肉茎が、硬度を増した。そしてウィルフレッドが再び腰を打ち振る。はっ、はっ、と短い呼吸とともに蜜壺の奥を抉られると、泣き濡れた喘ぎを上げることしかできない。

抽送に合わせて、ウィルフレッドの名を呼ぶ。

喘ぎの合間に名を呼ぶことしかできず、その声がいつもより舌っ足らずでとても甘い。本当に自分の声なのかと、頭の隅で疑問に思うほどだ。

「……ああ、シャノン……シャノン。なんて、君は可愛いんだ……」

目元を赤くし、男の色香を纏わせ、軽く眉根を寄せて揺さぶり上げるウィルフレッドの様相は、ゾクゾクするほどに色っぽい。

こんなに素敵な人が、自分を求めてくれている。それが媚薬による抗いがたい情動だとしても、とても嬉しい。

蜜壺の締めつけが、強くなる。ウィルフレッドが嬉しそうに息だけで笑い、足首を摑んで恥ずかしいほど股を大きく開かせた。

蜜壺を深く抉っていることを目で確認するように、彼は繋がった部分をじっと見つめている。

「私のものが、これほど昂ぶって……初めて、だ……自慰とは、まるで違う……」

「あ……ああっ!!」

行き止まりまで入り込んだ先端を、さらに奥に入れようと腰をぐりぐりと押し込まれる。引き締まった下腹部に花弁や花芽が擦られ、シャノンは惑乱の喘ぎ声を高く上げた。

「……すまん、強すぎたか……っ。ゆっくり、する……」

優しくくちづけ、ウィルフレッドが抽送の動きを緩やかにしてくれる。とん、とんっ、と奥を押し広げられて、気持ちいい。

ウィルフレッドの左手が、結合部に下りた。花芽を指先に捕らえ、優しく小刻みに揺さぶる。それはさらなる快感を与えてきた。

「あ……あぁ……駄目、私……また……っ」

間近に迫る絶頂を堪える術《すべ》などわからない。ウィルフレッドの大きな右手が上がって広

げられ、二つの乳房を真ん中に寄せながら愛撫してきた。

喘ぐ声も味わうためか、ウィルフレッドが深くくちづける。どこもかしこも繋がり合うかのような感覚に陥り、シャノンは再び彼とともに絶頂を迎えた。

「ん、んんーっ!!」

どくどくと注ぎ込まれる熱い精に、打ち震える。ウィルフレッドが唇を離し、ゆっくりと身を起こした。

ずるりと引き抜かれる感覚にも、感じてしまう。ベッドに力なく横たわり、呼吸を整えるために大きく胸を上下させる。

その様子をじっくりと見つめていたウィルフレッドが、ふうと困ったように嘆息した。どうしたのかと潤んだ瞳を向けると、覆い被さってくる。

温もりが心地よく、自然と両手が彼の身体に回った。抱き締められて、くちづけられて——そして再び蜜壺の中に入り込まれる。

「……んんぅ……ま、た……っ?」

「そうだ。また、だ。激しくしないから、付き合ってくれ。頼む」

ウィルフレッド自身もまだ終わりが見えない情欲を持て余しているようだ。シャノンは答える代わりに彼の背中をそっと抱き締めた。

――アラベラは緊張した表情で、ウィルフレッドの部屋の扉を見つめた。

寝酒の差し入れをしようとして厨房に向かったところ、ちょうど準備を整えていた使用人に出くわしたのは幸運だった。用意されていたのは酒だけではなく香草茶もあり、それがなんだか不思議な感じがしたものの、深く追及することはしなかった。世間話をしながら持ってきた媚薬を寝酒に入れることが、最優先だった。

当初の予定では一週間程度の休養だと聞いていたのに、十日経ってもウィルフレッドが王都に戻ってくる様子はなかった。これは好機だと、兄ロイドがアラベラにサマーヘイズ領に行ってこいと命じたのだ。

もちろん、ただウィルフレッドに会うだけではすまされない。療養しているウィルフレッドのもとに他の女が近づかないうちに、肉体関係を作ってこいと媚薬を渡された。兄曰く、相当強い効力を発するものだから、これを飲ませて傍にいれば男の方から抱かずにはいられなくなるらしい。

頃合いを見計らい、緊張に高鳴る胸を押さえながら、今、ここにいる。作戦は成功するはずだ。

だがノックをしても返事がなく、扉に耳を押しつけても気配が感じ取れない。

どこかに行ってしまったのか。疑問に思うと同時に、一緒に用意されていた香草茶のことを思い出す。

もしかして、彼はシャノンと一緒にいる……?

慌ててシャノンの部屋に向かおうと身体の向きを変えた。直後、視界の端にゆらりと燭台の灯りが映り込み、クレイグが現れた。

「このままお部屋にお戻りくださいませ。私は何も見なかったことにしておきますから」

自分が何をしたのかを、悟られている。アラベラは真っ青になってクレイグを見返した。

だがここで引き止められてしまっては、ウィルフレッドはシャノンとことに及んでしまう。早くシャノンのところに行かなければ!

「……そうね。部屋に戻ります」

「お送りいたします」

クレイグに同行されたら、シャノンの部屋に向かうのは無理だろう。断ると、クレイグは穏やかな笑みを浮かべたまま、す……っ、と隣に並んだ。

「お送りいたします。よろしいですね?」

焦る気持ちを呑み込み、仕方なく頷く。

足早に歩き出すと、クレイグが従った。無言のまま歩いていると、彼が柔らかな声で言った。

「私はアラベラさまに感謝しています」

突然脈絡のないことを言われ、反射的に足を止める。一歩追い越してしまったクレイグが向き直った。

「アラベラさまのおかげで、ウィルフレッドさまはシャノンさまと結ばれます。ウィルフレッドさまは生半可なお気持ちで、シャノンさまに触れはしないでしょう。触れてしまった以上は必ず、妻としてお迎えになられます」

「……あ、なた……何を言って……」

「作戦は失敗したのです。ここは早々に退散されるのが賢明かと。結果的に良いことになったとしても、本来ならばウィルフレッドさまはもっと大切に愛しんで、時間を掛けて、シャノンさまと愛を育んだはずです。そのお怒りは、誰も宥めることはできません」

アラベラは強く唇を引き結んだ。確かにクレイグの言う通りだ。

媚薬を盛った犯人がアラベラだと、ウィルフレッドはもう悟っているだろう。この場に残り続けることは、彼の怒りをさらに買うことになる。

そして今の自分に、その怒りを鎮める術はない。

「いつでも出立できるように、準備を整えておきます。では、お休みなさいませ」

気づけば与えられた部屋の前にいた。項垂れながら室内に入る。

クレイグが立ち去っていく気配は、感じられなかった。再びアラベラがこの部屋から出るときは、出立のときだけだということだ。

失敗してしまった。兄は、無能な自分のことをどう思うだろうか。また役に立たないと、叱責するだろう。

そしてウィルフレッドは自分をまた――軽蔑するのか。

「……どうして、上手くいかないのかしら……」

零れた言葉を受け止めてくれる者は、傍にはいなかった。

第四章　切ない求婚

頭を撫でてくれる感触が、目覚めを促した。初めて知る気怠さと、下腹部に残る何とも表現しようのない違和感に眉根を寄せながら、瞼を開く。

ウィルフレッドが半身を起こして枕にもたれかかり、右手で頭を撫でてくれていた。アイスブルーの瞳は愛おしげに細められ、優しくこちらを見下ろしている。右手はシャノンの頭から頬へ、そして顎先へと下り、喉を優しく擽った。

「……ん、ぅ……」

肌がざわつく甘い感覚に、思わず喘ぎのような息を吐く。ウィルフレッドが一瞬指を強張らせたあと、小さく笑って頬を寄せ、柔らかくくちづけた。

そうすることが当たり前の動きだ。軽く啄まれ、舌先で唇を舐め擽られ、そっと口中に入り込まれる。

目覚めたばかりで思考が上手く動いておらず、されるがままだ。彼の唇と舌の感触が信じられないほど気持ちよく、そのままうっとりと目を閉じて身を委ねてしまう。

だが舌を優しく吸われた直後、ハッと目を見開いた。

(……ウィルフレッドさまとこんなことをしては――駄目よ!!)

慌てて離れようとすると、ウィルフレッドがくちづけを深く激しくしながら、覆い被さってきた。互いにまだ裸で、触れた肌の温もりが心地よい。

足を絡め合わせ、腰を強く抱き寄せられる。股間がぴったり押しつけられ、少し硬くなっているものを恥丘に擦りつけられ――息を呑んだ。

ウィルフレッドが唇を離し、微苦笑した。

「すまん。今の君の声で……欲情した。……ああ、だが、朝からなんて、しないぞ。……まあ、したくないわけではないんだが……君に負担を掛けてしまうからな……。身体は大丈夫か?」

大きな手が労るようにシャノンの腰と下腹部を撫でた。またあの甘い声が出そうになり、必死に堪えて頷く。

「……だ、大丈夫、です……」

意識がはっきりし、昨夜のことを思い出す。アラベラに媚薬を盛られたウィルフレッドと一緒にいて、薬による耐えがたい情欲を解放する手伝いをしたのだ。

シャノンは慌ててウィルフレッドを見上げた。

「ウィルフレッドさまの方はどうなのですか。お身体はもう大丈夫なのですか⁉」

媚薬など盛られたことがないため、よくわからない。

とにかく、昨夜のウィルフレッドは一度目の行為を終えるまでとても辛そうだった。身体に何か影響は残っていないのか、心配になる。

ウィルフレッドは驚きに目を軽く見開いたあと、微笑んで頷いた。

「ああ、ありがとう。君のおかげですっきりしている。とても心地よい朝だ」

「……良かった……」

胸を撫で下ろし、しかしすぐに何も良くない！　と慌てる。彼が変な責任を感じないために、シャノンは何でもないことのように言った。

「……昨夜のことは、どうぞお気になさらずに……」

ウィルフレッドには、立場と身分に見合った相応しい令嬢が必要だ。自分はそれに値しないとよくわかっている。

だが誠実で潔癖な彼は、間違いなくこのことについて責任を取ろうとするだろう。

（媚薬を盛るなんて卑怯なことをしたのはアラベラさまで、ウィルフレッドさまは私を遠ざけようとしてくださった。それでもいいと言ったのは私だもの）

この不祥事の責任は、自分だけにある。

ウィルフレッドは柔らかな微笑を浮かべ、名残惜しげに身を離した。

「そのことについてはイーデンも交えてきちんと話そう。うやむやにしていいことではない」

今回のことは、使用人たちの口止めが必要だ。それらを祖父と話し、事態のすり合わせをするのだろう。シャノンは強く頷いた。

ウィルフレッドが先にベッドから出て、ガウンを羽織る。身支度の手伝いをしなければと思ったのに、下半身に上手く力が入らない。しかも身じろぐと、昨夜、注ぎ込まれたものがとろりと溢れ出てきそうになる。

すぐに気づいたウィルフレッドが、ガウンでくるみ込み、抱き上げた。そして使用人を呼び、入浴と身支度の手伝いをさせる。

すでに事情を察しているのか、彼女たちは余計なことは一切問わず、口にせず、いつも通りだった。なんだかそれが妙に居心地が悪い。

入浴後、動きやすいワンピースを身に着けようとしたが、使用人たちがやんわりと別のデザインを勧めてきた。立て襟で首がすっぽりと隠れるものだ。

どうして、と問いかければ、彼女たちは気まずそうに手鏡で項《うなじ》を見せてくれる。そこに、ウィルフレッドがつけた赤いくちづけの痕がいくつか散っていた。

生々しい痕に、瞬時に耳まで赤くなる。昨夜、もう無理だと嘆願するまで抱かれ続けたのだ。

立て襟のワンピースに素直に着替えて食堂に向かうと、もうウィルフレッドはイーデンと何やら話し込んでいた。

そういえば、アラベラはどうしたのだろう。姿どころか気配も感じない。

クレイグが傍に控え、椅子を引いてくれる。声を潜めてアラベラのことを尋ねると、彼は笑顔で陽が昇るとすぐに帰都したと教えてくれた。

ずいぶんと急な――逃げるような動きだ。せめてきちんとウィルフレッドに詫びを入れてから帰るべきだろうにと、怒りを覚える。

イーデンが孫娘を複雑な表情で見つめた。

「……その、身体は大丈夫なのか……？」

「はい、もう大丈夫です。お祖父さま、今回のこと……ウィルフレッドさまに責任はありません。私が自分で決断し、行動した結果です。ですから」

「そう、だから私の妻として、シャノンをグロックフォード公爵家に迎え入れたい」

「……っ!?」

とんでもない申し出に、大きく目を見開く。給仕のために控えていた使用人たちも、困惑したように無言で目配せし合った。

絶句するシャノンの気持ちを代弁するかのごとく、イーデンが困惑の声で言う。

「ウィルフレッドさまがシャノンとのことについて、その、責任を感じてくださっていることは……とてもありがたく思います。ですが、ウィルフレッドさまのお立場とお家柄では、もっと相応しいご令嬢が……」

イーデンの言葉が進むにつれ、意識が驚きから戻ってくる。シャノンは慌てて祖父に便乗した。

「私のことは気になさらないでください。ウィルフレッドさまに妻として迎えてもらうために、昨夜、あんなことをしたわけではありません」

「ああ、そうだな。君にそんな欲はない。君は私を、自分でもどうしようもない情欲から救うために力を貸してくれた。そこに利害はなかったと、君と肌を重ねた私が一番よくわかっている」

少々露骨な物言いに、シャノンはもちろん、イーデンや使用人たちも頬を赤くした。クレイグだけは感慨深げにその言葉を聞いている。

「だからこそ、責任を取らせて欲しい。君の優しさに甘えてしまった。申し訳ない。君を傷つけてしまった責任を、どうか取らせてくれ」

生真面目で清廉な申し出を断ることは、なかなか難しかった。同時に胸の痛みもある。

ウィルフレッドは自分に対して犯してしまった過ちの責任を取るために、求婚してくれているのだ。

（責任を取ってもらいたいわけではないの。あのときはただウィルフレッドさまを助けたくて……）

クレイグが微笑みながら言った。

「シャノンさまは昨夜、ウィルフレッドさまの御子を宿されたかもしれません。それがはっきりとわかるまでは、ウィルフレッドさまと一緒にいらっしゃるべきだと思います」

ウィルフレッドが今初めてそのことに気づき、ひどく感動したように呟いた。

「……そうか……そうだ。私は君の中に溢れるほど注ぎ込んだ……その可能性はあり得る……」

あまりにもあからさまな物言いに、真っ赤になってしまう。ウィルフレッドはさらに真剣な顔で続けた。

「私の子を宿しているかもしれないいなら、なおさらだ。頼む、シャノン。私の妻となり、私の子を産んでくれ」

要求が一つ、増えている！　そしてそのことにウィルフレッドはまったく気づいていない！

どうしたらいいのかわからず、シャノンは泣きそうな顔で祖父を見た。イーデンはしばし考え込んだあと、頷いた。

「承知しました。ならばシャノンがウィルフレッドさまの子を身籠もっていないとわかったのならば……お返し願えませんか。大事な跡取り娘ですし、何よりも私の大切な孫娘です。子ができていなければ、シャノンのことはきっぱりお諦めください」

「……わかった」

ウィルフレッドは生真面目に頷いた。そして使用人たちに明日には出発できるよう、荷造りを命じ始める。

本当にこれでいいのかわからず、イーデンを見る。祖父は仕方なさそうに続けた。

「ひとまず、ウィルフレッドさまの言う通りにしておこう……。きっとすぐに目を覚まされる。今は初めて知った女性という存在に浮かれているだけだ」

つきん、と胸が痛んだ。だがそれに気づかないふりをして、シャノンは頷いた。

そうだ。これまで彼は異性と親密になることがなかった。異性だけではなく、心許せる存在がほぼいないのだ。

自分はたまたま彼の心に入り込めたに過ぎない。

(そうよ、きっとすぐに目を覚まされる……)

そして自分に相応しい相手を、見つけ出せるようになるはずだ。それはとても寂しいことではあったが、ウィルフレッドが田舎伯爵の跡取り娘を迎え入れるよりはいい。

(ああ……駄目ね、私。いけないことなのに、嬉しいの)

だが、彼がそれに気づくまでは、傍にいられる。

ウィルフレッドの指示は明確で無駄がなく、クレイグが補佐をすると荷造りはあっという間に済んでしまった。

当面必要なものだけを持って行けばいいと言われ、シャノンも自分の荷物をこぢんまりと整える。何か必要になればウィルフレッドが用意してくれるとのことだった。

色々と気遣いをしてもらって嬉しいやら申し訳ないやら恐縮しきりで、複雑な気持ちだ。宝物のように扱われることも、なんだか変な気がする。

ウィルフレッドは特に身体を労ってくれた。畳んだ服を衣裳箱にしまおうとしただけで、慌てて止めてくる。

どうやら腹の子に影響が出るのではないかと心配しているらしい。年配の女使用人がさすがに呆れを隠せず、その程度ならば動いて大丈夫だと教える。彼は予想外に真面目な顔で話を聞き、疑問があると真っ直ぐに尋ねていた。

その様子に、さらに複雑な気持ちになってしまう。相当の責任を感じているようだ。

あのときの自分は、ただウィルフレッドを助けたかった。そして自らの意思で、彼のものになりたいと――本来ならば出会うことすらなかっただろう彼との思い出が欲しかった。

軽はずみな行動をしたのは自分で、責任もこちらにある。

イーデンや使用人たち、そしてシャノンが王都に行くと聞いた領民が、見送りに来てくれた。皆一様に寂しげな顔をしてくれる。子供たちの中には泣き出して行かないでとしがみついてくる子もいた。

一生懸命宥めている間、ウィルフレッドは急かすことなく待っていてくれた。その優しさに密かに胸をときめかせてしまいながらも、名残惜しく別れを告げ、馬車に乗り込む。

(最後の別れではないわ。懐妊していないとわかれば、また戻ってくるもの)

馬車はゆっくりと進んでいく。なるべく振動を与えないようにする気遣った御し方だった。

ウィルフレッドが車窓を開ける。爽やかな風が抜けて気持ちがいい。

「寒くなったら言ってくれ。だが、風が通り抜けると気持ちがいいだろう?」

「ありがとうございます。それに景色が眺められて嬉しいです」

豊かな田園風景とその中に時折ある温泉の湯気を見ていると、自然と穏やかな気持ちになる。ほんの少しの間の別れだとわかっていてもやはり寂しい気持ちになり、目に焼き付ける。

ウィルフレッドが横顔を見つめながらぽつりと呟いた。

「……すまん。こんな急なことになってしまって……君を寂しい気持ちにさせてしまった」

いつの間にか車窓に身を乗り出していた身体を元通り座席に戻し、笑いかけた。

「どうか気になさらないでください。寂しくなんてありません」

ウィルフレッドが不思議そうに眉を上げる。シャノンは微笑みをたたえたまま、心の中で続けた。

（だってすぐに、戻ってくることになるもの……）


サマーヘイズ領地から王都までは、馬車で約三日ほどかかる。早馬を使えば一両日だろう。だがシャノンの身体を気遣っているからか馬車の進みはゆっくりで、王都までは一週間で到着した。

領地からほとんど出たことのないシャノンにとって、途中で立ち寄る町はとても興味深く、好奇心を刺激された。ウィルフレッドは急ぐ旅ではないからと、宿泊した町で常に観光の時間を作った。必ず彼と一緒でなければならなかったが、むしろそれは嬉しい。

ウィルフレッドの傍は、とても楽しかった。騎士団長として国をよく知っている彼の案内はわかりやすく丁寧だ。名物の美味しいものも食べられる。

騎士の駐屯地が近ければそこにも連れて行き、彼らがどのような仕事をしているのかも具体的に説明してくれた。

困ったのは、皆、決して言葉にはしないものの、『団長と一緒にいる女性はいったい何者なのか』と視線と態度で問いかけてくることだ。勇気ある者が思い切って尋ねたときは、ウィルフレッドの冷徹な一瞥を与えられてそのまま凍りつき、しばし動けなくなってしまっていた。

そんな一週間の旅を終えて到着したグロックフォード公爵家は豪華な邸宅と庭があり、踏み入ることに怯んでしまう。

正面玄関の扉は分厚く細かな彫刻が施されていて、その前に主が到着するのを待っていた使用人たちがずらりと並んでいた。男女の違いはあるが同じデザインのお仕着せを着た彼らには、乱れた様子が一切ない。

「お帰りなさいませ、ウィルフレッドさま」

「ああ。シャノンの部屋は用意してあるか？」

一番年長の使用人が応え、案内する。ウィルフレッドが腰を抱き寄せエスコートしてくれたが、急に密着してドキリとし、反射的に身を離そうとしてよろめく。

ウィルフレッドが慌てて抱き支えた。

「大丈夫か⁉」

変なところで意識してしまい、恥ずかしい。頬を赤くしながら小さく頷くと、ウィルフレッドがひょいっとシャノンを抱き上げた。

「旅の疲れが出たのかもしれない」

「あ……あの、大丈夫です……っ」

「大事な身体だ。こうさせてくれ」

そう言われてしまうと、強く抵抗できない。仕方なくそのままで連れて行ってもらう。

先を行く使用人は、このやり取りを見てどう思っただろうか。

(ウィルフレッドさまに相応しくないと思っているかしら……)

自分のことはなんと言われても構わない。だが自分のせいで彼が悪く言われてしまうのは嫌だった。……嫌だが、今はどうしたらいいのかわからない。

案内された部屋は、落ち着いた色合いでまとめられていた。自室の雰囲気に少し似ていて、なんだかホッとする。

ウィルフレッドがソファに座らせた。

「どうだろう？　あまり女性の好みというのがわからないものでな……君の部屋に似るように用意させたんだが」

「だからなんだか落ち着くのですね……ありがとうございます。素敵なお部屋です」

ウィルフレッドが安堵の笑みを浮かべる。続いてやって来た使用人が、茶と菓子をテーブルに置いていった。

差し出された茶を受け取り、口にする。馥郁《ふくいく》とした香りと、その奥でほんのりと蜂蜜の味がした。美味しい。

ウィルフレッドが隣に座って言った。

「あの扉が、洗面室と浴室に繋がっている。ここは君の居間で、続き間に書き物や読書用の部屋を用意した。君が好みそうな本も本棚に用意してあるが、もっと他のものを見てみたかったらいつでも使用人に言ってくれ。我が家の図書室は、結構見物だぞ」

説明に頷きながらも、丁寧な対応に恐縮してしまう。

「反対側のこの扉が、寝室だ。私の部屋は隣だ。何かあれば呼んでくれ。ああ、寝室は一緒だ」

さらりと続けられた言葉に、シャノンは危うくもう少しで飲んでいた茶を吹き出してしまうところだった。

「あ、あ、あの……あの、それは……っ」

真っ赤になって、あわあわと見返すと、ウィルフレッドが心配そうに顔を覗き込んできた。

「どうした、シャノン。何か不満があれば構わず言ってくれ。私が女性の扱いに慣れていないことは事実だ。君に不快なことをしていても、気づけないかもしれん……」

「そ、その、寝室が一緒、で……お、驚いてしまって……っ」

「君と私はこれから夫婦になる。手順が変わってしまったことが本当に悔やまれるが……

私は妻とは一緒に眠りたい。君の隣はきっといい夢が見られる」

「あのっ、それは結果が出てからだと……！」

「だが君の腹には私の子種が注がれた。それはもう私の妻であるのと同じことではないか？」

ウィルフレッドの右手が、愛おしげにシャノンの下腹部を撫でた。あの夜の激しい交わりを否応なく思い出してしまい、真っ赤になって俯く。

ウィルフレッドが小さく笑い、頭頂にちゅ……っ、とくちづけた。

「君はここで、私の妻として振る舞ってくれ。お前たちもそのつもりで彼女に仕えるように」

こちらのやり取りをどこか驚いた表情で見守っていた使用人たちが、すぐさま深く礼をして頷いた。

「畏まりました。どうぞよろしくお願いいたします、奥さま」

（――奥さま!?）

まだ婚儀も迎えていないのに、それは早すぎる!!　そもそもたった一夜の過ちで、結婚など決めて良いのだろうか!?

（だ、だいたいウィルフレッドさまは私のことをどう思っていらっしゃるの!?　嫌われていないことはわかるけれど、一人の女性としては、どうなの……？）

彼からはただ責任を取らせて欲しいと言われただけだ。そこに愛はなく、義務感だけだった。そんな結婚は上手くいくわけがない。

「あのっ、ウィルフレッドさま……っ」

これでは駄目だ。そう思うのに、こちらを見返す彼がとても楽しそうで——期待してしまう。

「うん？　どうした？」

「……いえ、何でも……ありません……」

「少し疲れた顔をしているな。夕食まで休んだ方がいい」

何か言うより早くふわりと抱き上げられ、今度はベッドに運ばれる。そして掛け布を肩まで引き上げたあと、ぽんぽんと優しく胸元を叩かれた。

「眠るまで傍にいよう。初めての家で心細いだろう？」

そんなことはないと言いたいのに、大きな手に髪を撫でられ、ホッと安心する。

目を閉じて掌の動きに身を委ねていると、驚くほど早く眠気がやって来た。やはりウィルフレッドの言う通り、旅の疲れがあったようだった。

ひと眠りすると身体がずいぶんとすっきりした。ウィルフレッドがわざわざ起こしに来てくれて、寝起きを見られてものすごく気恥ずかしい。起こす仕草は頬を指先で優しく撫でるもので――寝顔も見られていたのだとわかる。

寝乱れた髪とスカートの裾を整えて食堂に向かい、美味しい夕食をウィルフレッドとともに食べる。食事の最中、彼は王都で行われる祭りのことや騎士団で起こった面白いことなど、こちらを飽きさせない話題を提供してくれてとても楽しいひとときを過ごせた。

使用人たちの視線が、柔らかく優しい。それがシャノンを少し大胆にさせ、ウィルフレッド自身のことを知りたい気持ちを強めた。

さりげなくいくつか質問を投げかけてみたものの、ウィルフレッドはあまり自分のことは話したがらず、彼の両親が五年前の流行り病で亡くなったことくらいしかわからなかった。

少し寂しかったが、興味本位で根掘り葉掘り聞いていいことでもないだろう。知りたい気持ちを呑み込んで夕食を終えると、入浴の案内をされる。

優しい香りのバスオイルが混ざった湯にゆっくりと浸かると、心も身体も癒やされて解れた。夜着を身に着け終えたところで、ハッとする。

（べ、ベッドは、一緒……!!）

彼に求められたら、どうすればいいのだろう。いや、応えればいいのだ。だが、応えれば、さらにウィルフレッドが感じる責任が重くなる。

ならば拒めばいいのだろうか？　そもそも媚薬に侵されていないのに、彼が自分を求めたりするだろうか？

「シャノンさま？　いかがなさいましたか？」

着替えを終えたまま動かずにいると、使用人が心配そうに呼びかけてきた。慌てて何でもないと首を振り、緊張しつつ寝室に向かう。

ウィルフレッドはまだ来ておらず、シャノンはすぐさまベッドに潜り込んだ。大の大人が四人並んで寝ても窮屈さを感じさせない大きなベッドだ。なるべく端の方で丸まる。

このまま眠ってしまうのはどうだろう。ぎゅっと目を閉じ、睡魔に身を委ねようとする。だが、昼寝をしてしまったためにまったく眠気がやってこない！

やがて扉が開き、ウィルフレッドがやってきた。

ベッドにシャノンがすでに入っていることに気づくと、苦笑した。自分も中に入り込んで手を伸ばし、背後からすっぽりと包み込むように抱き寄せる。

「そんな端で寝ることはないだろう。このベッドは広い。ゆったり眠れ」

耳元で優しく囁かれ、思わず感じて身震いしてしまう。ウィルフレッドの両手はシャノンの胸元と腰にしっかりと回って抱き締め、放す様子がない。

ウィルフレッドが耳裏に鼻先を押しつけ、深く息を吸い込んだ。

「いい匂いだ……」

低い声と吐息に、ゾクリとする。もしかして抱かれるのかと甘い緊張感を覚えるが、彼はそれ以上何もしてこない。

「今日の夕食はとても楽しかった。この家で、今日のような楽しい食事ができるとは思わなかった」

その言葉が、心に引っかかる。

少し緊張したものの、彼との会話は他愛もない世間話がほとんどだった。それを楽しいとわざわざ言うなんて。

胸に回っている腕に触れてみる。ウィルフレッドが少し身を震わせ、優しく耳にくちづけながら問いかけた。

「どうした？　私にこうして後ろから抱かれているのは……その、嫌、か……？」

語尾がいつになく不安げで、驚いてしまう。そんなことはないと小さく首を横に振り、シャノンは言った。

「申し訳ありません、そんなつもりではなくて……ウィルフレッドさまが夕食の時間を、楽しいと仰っていたのが不思議で……」

「不思議、か。そうかもしれない。そもそも食堂で食事をすることが、ここ数年、ほとんどなかったからな……」

驚いて振り返ってしまう。直後、ウィルフレッドの唇が頬を掠め、シャノンは真っ赤になって慌てて元の体勢に戻った。

ウィルフレッドが小さく笑った。

「……で、では……その、どこでお食事をされていたのですか？」

「ああ、執務室だ。騎士団長になると、書類仕事がぐっと増えてな。身体を鍛えておけばいいというわけにもいかんのが、何とも難しいところだな……」

ぼやく言葉にさらに驚く。

それは食事とは呼べないのではないか。机仕事をしながらの食事など、自分だったら食べた気がしない。

「……消化に悪そうです……」

思わず素直に呟く。ウィルフレッドが背後で笑う気配がした。

「そうだな。だが私にとっては普通のことだ。食事も、基本的には一人でするものだった」

シャノンはゆっくりとウィルフレッドに向き直った。目が合うとあまりの近さに気恥ずかしくなるが、きちんと瞳を見返して言う。

「ご両親と一緒にお食事をすることはなかったのですか？」

ウィルフレッドが昔を思い出すように目を細めた。

「記憶の中に残っているのは……数度、か？　そもそも家族団欒と言われるようなことはほとんどなかったからな」

シャノンは大きく目を瞠った。では彼の両親は屋敷の中で、何をしていたのだろう。

無言の問いかけに気づいてくれたようで、ウィルフレッドが続ける。

「父親は気に入った女を寝室に呼び寄せて楽しんでいたな。母親はあまり自邸にはいなかった。夜会に出掛けて、そこで好みの男と楽しんでいることがほとんどだった」

簡潔な言葉がとんでもない事実を教えてくれる。絶句するとウィルフレッドが苦笑した。

「……君にとってはおかしな家族だろう？」

「……申し訳ありません……どう言えばいいのかわからなくて……」

「構わない。多分、私の家族は異常なのだと思う。……不快になったら止めるから、少し話してもいいか？」

どこか躊躇いながら、ウィルフレッドは続ける。彼を知ることができると、すぐに頷いた。

ありがとう、と小さく礼を口にして、ウィルフレッドは言う。

「私の両親は……まあ、いわゆる政略結婚でな。高位貴族としては一応まともな考えを持っていたようで、跡取り息子を作るためには仕方がないと諦めることができたらしい。だが私が生まれ無事に成長を始めると、役目は果たしたとして、それぞれ、好きに生きるようになった。二人に共通していたのは色好みだった、ということだな」

ウィルフレッドが苦笑しながら、肩を竦める。何でもないことのように言う様子に、胸の痛みを覚えた。

（だって、それではウィルフレッドさまは……ご両親に愛されていなかったのと同じだわ……）

グロックフォード公爵家を存続させるためのパーツとして、必要だっただけということだ。

子供の育て方、成長の仕方には、それぞれの家族のやり方や個人差というものがあるだろう。わかってはいるが、なんだかとても切なくなる。

ただの持論と言われてしまえばそれまでだが、子供にはどんな形であれ、愛情が必要だと思うのだ。それを与えられず、一番親に甘えたいときに放っておかれ、そして多感な少年時代を一人で――いや、世話をしてくれる者はいただろうが――過ごしていたのか。

それが『寂しい』などと思うことも、なかったのではないか。

（何かしら……こんなこと、とても失礼なのかもしれないけれど……）

ウィルフレッドがハッと我に返った。

「……すまん！　やはり不快な話だった。悪かった」

「いいえ、いいえ、違います……！　その……あの、失礼しますっ」

ウィルフレッドに手を伸ばし、シャノンはその頭を胸の膨らみの中に押し入れ、抱き締めた。

何しろ体格差があるため、ウィルフレッドを包み込むように抱き締めたくともできない。考えついたのが、このやり方だった。

「……ふぐ……っ⁉」

あまりにも予想外だったためか、ウィルフレッドが驚きの呻きを漏らす。互いに横たわっていなければ、こんなふうに彼を抱き締めることなどできなかっただろう。

「……シャ、シャノン……？　急にどうした……？」

ウィルフレッドの両手が背中に回る。

「も、申し訳ありません……っ。嫌でしたら、止めます。でも……今とても、ウィルフレッドさまを抱き締めたくて……っ」

寂しかったことに、気づかない──それがとても悲しくて、胸が痛い。もしそのとき自分が傍にいたら、絶対に彼にそんな思いをさせたりしないのに。

ウィルフレッドが軽く嘆息し、膨らみに顔を埋めたままで優しく抱き締め返してきた。結局こちらが包み込まれてしまう。

「……温かいな……」

深い声音で、呟かれる。黙ってウィルフレッドの頭を抱いていると、気持ちよさげに頬を擦りつけられ、ほんの少しだけ感じて身が震えてしまった。こんなときに淫らな気持ちになってしまうなんて、と恥じ入る。

だがしばらくすると、彼が困った声で言った。

「……その、このままだとどうにも……君を抱きたい気持ちになりそうだ」

「……っ！」

真っ赤になって手を離す。彼も顔を赤くし、熱っぽい瞳でこちらを見つめていた。

抱き合っているからこそ、夜着越しに恥丘に押しつけられる昂ぶりがよくわかる。求められていることを理解すると、不思議と頷いてしまいたくなった。……衝動に身を任せたくなるのを堪える。

(だって私とウィルフレッドさまでは、とても釣り合いが取れない)

たった一度の不幸な過ちで、彼は誠実に責任を取ろうとしている。自分が懐妊していなければ、その責務は容易く放棄できる。これ以上過ちを重ねてはいけない。

無言で目を伏せると、ウィルフレッドが目元にそっと唇を押しつけた。

「……すまん。その……君を抱くことは我慢するから、唇は……許してくれないか」

返事を待たず、ウィルフレッドがくちづけてきた。身が強張ったのは一瞬で、すぐにその心地よさに心が蕩ける。

触れ合わせた唇を少し離し、ウィルフレッドが熱い瞳で見つめてくる。何を求めているのかが、伝わってきた。

（これ以上は駄目よ。ウィルフレッドさまが困ることになる）

そう伝えようとした唇を、今度は激しく貪られた。

舌を搦め捕られて強く吸われ、舐め合わされる。息が止まるほどの官能的なくちづけに抵抗の力は奪い取られ、されるがままになるしかない。

それでもなんとか止めたくて動かした手は捕らえられ、指を絡めて深く繋がれてしまった。ウィルフレッドも息継ぎが上手くできておらず苦しげなのに、右腕で潰されそうなほどの強さで抱きながら、角度を変えて何度もくちづけてくる。

恥丘に押しつけられた男根がさらに硬度を増し、反り返ったのがわかった。下穿きを少しでも下ろせば、すぐにでも貫いてきそうな雄々しさだ。

（ああ、また……あんなふうに抱かれた、ら……）

彼を愛おしく想う気持ちが、理性を溶かしてしまう。

息苦しくなり、目尻に涙が滲む。それに気づくと、ようやく唇を離してくれた。

「……すまん……君の唇に、夢中に、なりすぎた……」

詫びるように滲んだ涙を唇で吸い取られる。昂ぶってしまった身体は優しい唇の感触にも感じてしまい、小さく甘い声が漏れた。

ウィルフレッドが唇を強く引き結んで目を閉じ、シャノンを小脇に抱えて仰向けになる。広い胸に頬を押しつける体勢になってしまったが、呼吸を整えるだけで精一杯で、離れられない。

「いや、すまん。もう寝よう」

「……あ、の……でも……」

ウィルフレッドの昂ぶりは、治まっていないのではないか。恥ずかしくて彼の下肢を確認することはできなかったが、伝わったらしい。

ウィルフレッドが目を閉じたままで言う。

「……まあ、そうだな。我慢できないこともないし、眠ってしまえば大丈夫だ。だが、君の温もりは感じたい。このままでもいいか？」

心も身体も大切にされていると感じられ、胸が甘く疼く。あの夜のように抱いて欲しい、と口走りそうになり、シャノンは慌てて頷いた。

「はい。ウィルフレッドさまの……仰せのままに」

ありがとう、とわざわざ礼を言ってくれる低い声が甘く、優しかった。


翌日にはグロックフォード公爵家専属の医師が訪れ、懐妊の兆しがないか診察した。とはいえウィルフレッドが既成事実のあった日を教えると、医師は何とも言えない表情になった。

「大変申し訳ございませんが、懐妊の兆しを今の段階で調べることは不可能です。せめて二ヶ月か三ヶ月……それまでお待ちください」

ウィルフレッドは納得できない様子だったが、医師の説明を聞いて渋々待つことを承諾した。

だが、診察を念入りにさせたことが不思議だった。結果はどこも問題がなく、健康体だ。それを聞いて、ウィルフレッドはどこかホッと安堵の息を吐いた。

どうして自分の身体のことを気にするのかと問いかければ、彼は少し申し訳なさそうに教えてくれた。

「……その、媚薬が効いていたからとはいえ、かなり無体を強いたと思っている……。男と違って女性の身体はか弱いものだろう。特に君は、私よりずっと小さくて、細くて……」

情事のときのことを思い出したのか、そのままウィルフレッドは真面目な顔で黙り込んでしまった。気恥ずかしさで耐えられなくなり、与えられた部屋に逃げ帰る。

まるでガラス細工のように扱われることが初めてで、嬉しいけれども心が擽ったい。

それに、心配されるほど自分はか弱くない。農作業もするし、できる範囲で普通に力仕事もする。

（王都にいるご令嬢がたの方が、私よりもずっとか弱いと思うわ）

考えを改めてもらうように進言すれば、今度は苦笑されてしまった。

「それこそ君の方が考えを改めた方がいい。王都の令嬢は、見た目がか弱いと舐めてかかると一気に食われる。それは私が身をもって体験したことだ。信じて欲しい」

本当に女性に関していい思い出がないとわかる言葉で、同情してしまった。

――そしてグロックフォード公爵家で数日過ごしたあと、非常に困った事態に直面する。

「――シャノンさま、こちら、ウィルフレッドさまからの贈り物です」

使用人たちが大小様々な大きさの箱を次々と運び込んできた。ざっと数えて十数個ある。二日ほど前に贈られた数の倍だ。

使用人たちが手際よく箱を開け、中身を確認できるようにテーブルやソファに広げていく。それはドレスだったり、宝飾品だったり、靴だったり帽子だったり――すでにもう一週間分の着替えには困らない数を用意してくれたというのに、だ！

デザインは最先端なのだろう。派手すぎずむしろ前回よりも肌を見せない控えめなものになっている。使用されている生地は肌触りを第一に考えられていて、前回、とても気に入ったレースがたくさんあしらわれたドレスもあった。宝飾品も、シャノンが好きな石が使われたものばかりだ。ウィルフレッドに礼を言いに行ったときに「好みのものはあったか？」と問われ、答えたことがすべて今の贈り物に反映されている！

彼が自分をとても大切にしてくれているのはわかる。些細な会話からでも、喜ぶものを見つけ出そうとしてくれている。

（嬉しい。でも、どうしたらいいの。このままでは……）

ウィルフレッドへの想いが強くなり続け、離れがたくなってしまう。彼のためにも、もう一度じっくりと膝を突き合わせて話し合った方がいい。

加えて、ウィルフレッドはシャノンの身体のことを心配し、帰都してから王城に出仕したのは一度だけだ。しかも報告だけで済んだらしく、予想以上に早く帰宅した。それからはシャノンに何かあったらすぐに対応できるようにと、屋敷で仕事をしている。

これでいいわけがない。それについても話さなければ。

執務の邪魔をしないよう、その日の夕食のあと、話すことにした。

夫婦の寝室で共に眠っているが、懐妊しているかもしれないので、ウィルフレッドは抱きたそうにしても添い寝だけに留めている。その代わりのようにくちづけと、身体を触る愛撫をしてくるのだが。

寝支度を整えている間、緊張してくる。だが夜着を着付けてもらって、その肌触りがいつもよりもいいことに気づいた。

新しい夜着だ。滑らかで肌に吸いつくようでとても心地いい。使用人に聞けば、ウィルフレッドが新たに用意してくれたものだった。

前のもので充分なのに、と思わず呟いてしまうと、使用人たちは苦笑しながら言った。

「シャノンさまのお好みがまだよくわからないからと、色々と買い揃えていらっしゃるようです。お好きなものがありましたら、是非お伝えくださいませ。ウィルフレッドさまが喜びます」

（責任を取るからって、こんなことまでしなくてもいいのに……）

細やかな気遣いが嬉しくて、切ない。だからこそ、そんなことはしなくていいとわかってもらわなければ。

それに今朝方、月のものが始まった。子供は宿らなかったのだ。

だからもう、彼が責任を感じる必要はない。

（ウィルフレッドさまと、お別れをしなければ……）

胸がズキリと痛むのを堪えて寝室に入ると、ウィルフレッドはまだいなかった。

ベッドの端に立って、彼がやって来るのを待つ。息を詰めて待っていると、やがてウィルフレッドが姿を見せた。

「身体が冷えるだろう。すぐにベッドに入るんだ」

ガウンを着ていないことを嗜められてしまう。思い詰めてしまっていたからか、まったく気づかなかった。

促す声の優しさが、嬉しい。だがこれから話すことを考えると、ベッドの傍に立ったまま動くことができなかった。

ウィルフレッドが近づき、顔を覗き込んだ。

「どうかしたのか……？」

「ウィルフレッドさま……私、月のものが、来ました……」

ウィルフレッドが小さく息を呑む。そしてとても残念そうに目を伏せた。

「……そうか。君に、私の子は宿らなかったか……。だが、だからといって君にしてしまった行為をなかったことにすることはできない。媚薬に負けてしまった私の心が弱かった。君がいいと言ってくれたことに甘えてしまった私は、男として、君のこれからに責任を」

「もういいのです！」

誠実で真摯な言葉を、これ以上、聞きたくなかった。思わず声を荒らげて止めると、ウィルフレッドの瞳が揺れる。

こちらの反応に戸惑い、どうしたらいいのかと狼狽している。

「すまん。私の言い方が君を不快にさせたか……？　そんなつもりはないのだが……その、何が気に入らなかったのか教えて欲しい。次は、気をつける」

「ウィルフレッドさまは何も悪くありません。私が……私が、もうウィルフレッドさまのお傍にいることが、辛く、て……」

胸元をぎゅっと強く握り締め、シャノンは零れそうになる涙を呑み込みながら言う。ウィルフレッドが青ざめ、愕然と目を見開いた。

「……私の傍にいることが……辛、い……？」

「あの夜のことは、どうかもうお忘れくださいませ。ウィルフレッドさまは悪くありません。あのとき、私はあなたのものになりたいと願って、受け入れました。それは私の意思です。ですが、あなたの妻になりたくてしたことではありません。だから責任を取る必要はないのです」

ウィルフレッドは息を詰め、凍りついた瞳でこちらを見つめ続けている。強張った表情は、何を考えているのか読み取れない。

「たった一夜の過ちの相手を妻に迎えてはいけません。ウィルフレッドさまには相応しい方がいらっしゃいます。身分も家柄も、教養もおありの、相応しいご令嬢が……っ」

直後、ウィルフレッドが二の腕辺りを、がしっ、と両手で摑んだ。思わず顔を顰めてしまうほどの強い力に驚いて見上げると、彼が上体を倒してこちらを覗き込んでくる。

身長差はもちろんのこと体格差もあるため、彼の身体の影が視界を暗くした。アイスブルーの瞳はまだ強張ったままで、背筋が震え上がるほど恐ろしい。

「……私は君に、大事なことを……伝えていなかったのか……？」

信じられないというように零れた言葉は、完全な独白だった。何のことかさっぱりわからず、戸惑って小さく震えながら見返す。

怯えた仕草が伝わってしまったのだろう。ウィルフレッドが我に返り、ゆっくりと瞬きした。ふー……っ、と気持ちを落ち着かせるために大きく息を吐き出したあと、改めて見つめられる。

今度はどこか緊張した表情だ。これから聞かされる言葉は決して聞き逃してはいけないとわかり、シャノンも自然と息を詰め、真剣な顔になる。

(どんなことを言われても、取り乱したりしないようにしなければ……！)

「……いざ伝えようとすると……なんだかとても、緊張するものだな……」

「大丈夫です、ウィルフレッドさま。どのようなことを仰っても、受け止めます。すべてはウィルフレッドさまのお心のままに」

ウィルフレッドが咳払いをしたあと、シャノンの足元に跪いた。騎士としての最上級の敬礼となる仕草はとても美しく見惚れてしまうが、どうしてそれを自分にするのだろう。

相手が国王ならば、正装のマントの裾を手に取り、くちづける礼だ。だがシャノンには、それがない。

ウィルフレッドは爪先まで隠す夜着のスカートの裾を、できる限り足が見えないように気をつけながら引き上げ、くちづける。

ドキリ、と心臓が痛くなるほどにときめいた。

「君が好きだ。私の妻になって欲しい」

「……え？」

意味がわからず、間抜けな声で問い返してしまう。途端にウィルフレッドが耳まで赤くなった。

「……こ、これは……強烈に羞恥心を煽られるものだな……！」

横を向いて必死で気持ちを取り直すウィルフレッドが、何度か低い咳払いをしたあと、改めてこちらを見上げて言う。

「大事なことを伝えずにすまなかった。責任を取るというのは……その……君を私の傍に留めるための口実に……していたのだと、思う……。すまん……女性に好意を持ったのはこの歳になって初めてでな。自分の気持ちにすら戸惑うことが多くて、困る……」

（ウィルフレッドさまが、私を、好き……？）

「君にとって、あの夜は過ちだったかもしれない。だが私は、あの夜の前から君に、こ、好意を……抱いて、いた。君の傍はとても心地よくて、話していると楽しくて、気づくと笑っている自分がいる。そんな女性は初めてだ。さ、最初君を見たときはな、その、あまりにも綺麗で天使が舞い降りたのかと思って見惚れてしまってな！　……って何を言っているんだか、私は……」

ウィルフレッドが再び顔を赤くし、口元を右手で押さえる。しばし口を噤んで気持ちを整えると、改めて続けた。

真っ直ぐにこちらを見上げ、誠実な低い声で。

「君が好きだ。私の妻に、なってくれ」

熱い雫が、目尻からこぼれ落ちた。あっと思ったときには次から次へと溢れ出し、頬を伝っていく。

ウィルフレッドが驚きに目を瞠り、慌てて指で涙を拭い取る。

「……ど、どうしたシャノン……！　私の求婚が、嫌だったか……!?」

「……私、私……下級貴族、ですよ……っ!?」

「ああ、そうだな。構わん」

大きな掌が、涙で濡れる頬を包み込む。ウィルフレッドが立ち上がり、額を押し合わせた。

「れ、令嬢教育だって、ウィルフレッドさまの妻としては、全然足りないです、よ……っ」

「そうかもしれん。だがそんなものはこれからいくらでも勉強すればいい。勉強が苦手なようには見えなかった。君ならすぐだ」

「色々な方が、私をウィルフレッドさまには相応しくないって、仰ると思いま――」

ちゅ……っ、とウィルフレッドの唇が優しいくちづけをくれた。涙で濡れた瞳を、彼が覗き込む。

「そうだな。だが私は君がいい。君がいいんだ。頼む、シャノン。私を好きになってくれない、か」

「……もう、好き、です……！」

子供のように泣き出してしまいながら、伝える。ウィルフレッドは驚きのあと破顔し、シャノンを抱き締めてくちづけた。

何度か軽く啄んだあと、唇を押し割って舌を潜り込ませてくる。反射的にビクリと震えたのは一瞬だ。すぐに舌を舐め合わせ、深く搦め捕られると、心地よさに力が抜けていく。

ウィルフレッドが舌先を甘噛みした。さらに膝から力が抜け、立っていられなくなる。だが力強い腕が軽々と抱き上げ、くちづけを続けたままでベッドに運ばれた。

「……ん……んぅ……っ」

ウィルフレッドが覆い被さり、角度を変えて何度も深く激しくくちづけ、身体を熱い両手で撫で回してくる。薄い夜着越しにウィルフレッドの温もりを感じると、くちづけと同じほどに気持ちがいい。

もっと直接、触って欲しい――そんな想いが湧いてくる。

ウィルフレッドの両手が乳房を捕らえ、押し上げるようにしながら丸く捏ねてきた。その間もくちづけは止まらず、舌を唇で挟まれ、扱かれ、強く吸われて仰け反る。

両手は欲情を隠さずに動き、指先で硬く尖り始めた乳首をくりくりと弄られる。

「……あ……っ！」

くちづけの合間にビクリと大きく震え、涙目でウィルフレッドを見返す。このまま彼に抱かれたい、という気持ちはもちろんあるが、今夜は――駄目だ。

「……あ、の……ごめんなさい、ウィルフレッドさま……その……」

言いたいことに気づいてくれたウィルフレッドが、低く唸って胸の谷間にばったりと顔を伏せてきた。熱い呼気を感じて身を震わせると、深く息を吐いて心底名残惜しげに隣に横たわる。

温もりが離れることを寂しく思うと同時に、腕の中にすっぽり包み込まれた。

「気づかせてくれてありがたい……。君の月のものが終わるまでは、無理……だな」

「ご、ごめんなさい……」

「謝るな。それはいつか私の子を育むためにも必要なことだ」

ウィルフレッドの右手が、労るように下腹部を撫でる。そんな意図はないだろうに感じてしまい、小さく甘い喘ぎを漏らした。

ウィルフレッドが微苦笑してくちづけながら言った。

「だが、くちづけは許してくれ。それと……こうして抱き締めて眠ることも。君と一緒に、眠りたい」

頷いて、自分からも頼もしい胸元に身を寄せる。ウィルフレッドが耳元に唇を寄せ、低く囁いた。

「君の身体がいつも通りに戻ったのならば、朝まで抱いてしまうと思う。この間に体力をつけておいてくれ」

冗談だろうと笑って顔を上げれば、美しいアイスブルーの瞳はとても真剣だった。その奥に欲情が潜んでいて、叶うならば今すぐにでも抱きたいのだと教えてくれる。

次に抱かれるときはどうなるのだろう。甘い予感に胸をドキドキさせながらも、シャノンはしっかりと頷いた。

第五章　これはもう新婚生活のようです

規則正しい靴音を響かせ、ウィルフレッドは回廊を進む。

向かうのは、王城内にいくつか点在する内庭の一つだ。是非とも報告したいことがあると国王に面会を求める使いを出したところ、午後の茶の時間ならばいいと時間を作ってもらえたのだ。

手には、自邸の料理長とシャノンが一緒に作ったアップルパイの箱がある。国王に結婚の許可を求めに行くと言ったところ、彼女が嬉しそうに満面の笑みを浮かべながら、ならば何か手土産が必要だと主張したのだった。

国王とは親しい関係を築いているが、手土産を持っていったことはほとんどない。仕事で地方に行ったときに土産として何か手頃なものをたまに買っていったことがあるくらいだ。

国王という立場と国の中心地に住まうことから、彼が望めば手に入らないものはない。それなのにシャノンは、ごく当たり前に手土産を用意しようとしたのだ。

『……でも、それって失礼なことになりますか!? 実家では普通に料理をしていたもので、思いついただけなのですけれど……!!』

国王がいったいどんな反応をするのかは、自分にもわからない。だが嫌な顔はしないだろう。彼は実はかなりの甘党だった。

味見をしてもらいたいからと、シャノンはわざわざ同じものをもう一つ用意した。料理長は彼女の手際の良さを賞賛し、口にしたアップルパイはこれまで食べたものの中で一番の美味だった。

そう伝えるとシャノンははにかみながらも嬉しそうな顔になった。それがとても可愛らしく、抱き締めてくちづけたい衝動を抑えるのがかなり辛かった。……さすがに使用人たちの目の前で、自分の欲望のままに彼女を可愛がるのは大人げないだろう。

想いを通わせたとはいえ、婚儀はまだ挙げていない。使用人たちはシャノンを女主人として受け入れ良好な関係を築きつつあるが、自分は彼女より十も年上だ。この辺りはきちんと大人の分別を持つべきである。

(……これが、意外に辛い……)

許されることならば、場所や時など気にせず、愛おしく思ったときにたっぷりと愛し合いたい。こんな欲望を抱いたのも初めてで、戸惑いの方が大きかった。

約束の内庭に辿り着くと、東屋には国王とアラベラ、そして彼女の兄ロイドがいた。国王と二人きりでと頼んでいたはずだが、と、厳しい顔になってしまう。

特にアラベラとは、あの事件以降、会うことを避けていた。彼女が謀った件をロイドに抗議しても良かったが、とにかくシャノンのことを最優先にしていたため、どうでもよかったというのが本音だ。

謝罪を兼ねていたらしい手紙が何度も届いたが見る気もなく、万が一シャノンの目に留まって彼女が心痛を覚えたりなどしてはいけないと、封も切らずに処分してある。アラベラの姿を目にした直後、腑《はらわた》が煮えくりかえるような怒りがこみ上げてきたが、国王の手前、怒鳴りつけることもできない。

アラベラがいち早く気づき、笑みを浮かべて椅子から立ち上がった。呼びかけられたが返したのは蔑みの視線だ。同じ空気を吸うことにすら、嫌悪感が生まれる。

氷のごとく冷たいまなざしで一瞥したあと、ウィルフレッドは彼女の存在を今の自分の視界から抹殺しようと試みた。同時に、彼女と容姿こそとてもよく似ている美しい銀髪のロイドも、視界から消す。

ロイドは視線での挨拶もないことが不快だったようで、忌々しげな顔でこちらを軽く睨みつけた。だが国王が気配に気づいて見やれば、生真面目で誠実そうな顔になる。見事な変わり身の早さだ。

人によって態度を変える、典型的な小者だ。それでもこうして国王の傍に侍ることができるのだから、力量はそこそこなのだ。

アラベラが消沈の表情で椅子に座り直した。

彼女のことを自分は何とも思っていないと何度も伝えているのに、それでも変わらず好意を向けてくる思惑がわからない。彼女に見合った家柄の未婚の男は、自分以外にもまだいるはずなのだが。

「ウィルフレッド、来たか」

国王が朗らかな笑顔で呼びかける。ウィルフレッドは一度足を止め、深く礼をした。

「お時間をいただき、申し訳ございません」

「構わん。お前がこんなふうに個人的に時間を取ってくれと言うことは滅多にない。どんな話を聞かせてもらえるのかと、正直、楽しみにしていた。ちょうど、ロイドたちが美味い茶が手に入ったとやって来てな。同席していても構わないか？」

これはこれでいい機会かもしれない。頷いて空いている席に座ろうとすると、国王が自分の隣を指し示す。

ロイドが笑顔を留めたまま、席を譲った。彼の心の中で今、自分は何度刺し殺されていることだろう。

控えていた使用人が、ウィルフレッドの茶を用意しようとする。それをアラベラが止め、自ら淹れた。

どうぞ、と柔らかい微笑とともに差し出されるが、飲む気はまったく起きない。儀礼的な礼だけを告げたあと、ウィルフレッドは手土産の箱を使用人に渡した。

「陛下へ手土産のアップルパイだ。切り分けてくれ」

「どうした、手土産なんて」

アップルパイと聞いて国王は笑顔になったものの、小首を傾げる。使用人がすぐにワゴンの上でパイを切り分け、国王に差し出した。

「これは美味そうだな……！」

「我が家の料理長と一緒に、シャノンが作ったものです」

シャノンとの経緯は、すでに報告済みだ。ほう、と国王は興味深げに頷き、フォークを使おうとしてロイドに止められた。

「陛下、お待ちを……！　グロックフォード公爵邸の料理長だけならばまだしも、シャノンとかいう輩が作ったとはどういうことですか。陛下が口にする前に私が毒味をいたします」

「ああ、お前は知らないのか。サマーヘイズ伯爵の息女だ」

フォークを揺らしながら国王は言う。ウィルフレッドが頷くと、ロイドが顔を顰めた。

「サマーヘイズ伯爵？　伯爵とは名ばかりの、辺境を治めるために与えた爵位持ちではないか。そのような下位貴族が作ったものを軽率に陛下へお渡しするとは、危機管理がなっていない。もしかしたら何か仕込まれているかもしれないぞ」

「ああ、お前たちがしたようにか」

媚薬の件を匂わせる言葉を、さらりと告げる。

アラベラが失神しそうなほど青ざめたが、ロイドは表情を変えない。ただこちらを見据える瞳が、炯々《けいけい》と光った。……この辺りが、この兄妹の違いなのだろう。

「何を言っている？　私の陛下への忠誠心を疑うのか」

「ならば毒味をすればいい。私の忠誠心も疑って欲しくはないものだからな」

国王が頷くのを確認し、ロイドはアップルパイを一口、口にする。変なものが混じっていないかをじっくり味わったあと、嘆息した。

「大丈夫です、陛下。これは普通の菓子です」

「そうか。ではいただこう」

国王は嬉しそうにパイを食べ始めた。

「これは美味い。林檎の甘煮がちょうどいい甘さだ。私の好みだな。それにパイ生地もサクサクだ。だが中はしっとりしている……うん、このカスタードクリームも甘煮と相性よく調えられていて……うん、絶品だ……！」

「喜んでいただけて何よりです。陛下がとても喜んでいたと、シャノンに伝えておきます」

「うむ。……それと、他にも作れる菓子はあるのか？　是非食べてみたい」

子供のような無邪気さでねだられ、ウィルフレッドは微笑して頷いた。

アラベラが残念そうに目を伏せる。彼女の手は、料理をしたことがないものだ。

「それで、話とは何だ？」

あっという間に一切れ食べ終えたあと、お代わりをしながら国王が問いかける。ウィルフレッドは居住まいを正した。

「私は妻に迎える者を決めました。シャノン・サマーヘイズを妻とします」

ガタッ、と椅子を揺らしてアラベラが立ち上がった。冷たく一瞥すると、すぐに小さく震え、座り直す。

ロイドが呆れの溜め息を吐いたあと、ウィルフレッドに言った。

「グロックフォード公爵家とサマーヘイズ伯爵家では、あまりにも家格に差がありすぎる。宮廷の貴族たちが納得するとは思えない。我々は陛下のお傍で、陛下のお力になるために選ばれた者だ。家名は伊達ではない。お前は、お前に見合った令嬢を妻とするべきだ」

淀みのない言葉には、嫌悪感しか抱かない。ウィルフレッドは冷たい目をロイドに向けた。

「では私に相応しいご令嬢とは、例えばどのご令嬢だ？」

「私の妹だ」

当たり前のように言われると、さらに腹立たしくなる。アラベラは期待を込めた目を向けてくるが、勘違いさせるつもりはまったくなかった。

確かに、現時点では、一番高位の令嬢になるのはアラベラだ。国王が王妃を迎えていなければ、王妃候補になれただろう。

王族の血を引き国王と懇意なグロックフォード公爵家と縁続きになれば、ロイドたちの立場は貴族社会の中でウィルフレッドの次に位置することができる。

二切れ目のアップルパイを味わっていた国王が、ふと、口を開いた。

「まあ確かに、ウィルフレッドとアラベラならば見合った家柄同士の結婚となるのだろうな。だがロイド、大事なことを見落としているぞ。ウィルフレッドは両親とは違い、高潔すぎるほど高潔だ。幼い頃からの付き合いだからこそ知っているが、こいつは好きになった相手としか結ばれたくないという信念の持ち主だ」

ふう、とロイドが深く嘆息する。

「貞淑さは令嬢には必要だと思いますが、家名を継いでいく男子である我々には無用なものです。家名存続のためには、たとえ男色家であったとしても妻を迎え、子を作らなければなりません。高位貴族の義務にはそういったことも含まれていると思います」

一番嫌いな考えを、ロイドは口にする。国王が同席していなければ、無言で殴り飛ばしていたかもしれない。

(アラベラと子を作る……？　絶対に無理だ！　触れられると考えるだけで鳥肌が立つ……!!)

気分が悪くなり、ウィルフレッドは思わず右手で口元を押さえた。

アラベラが心配そうに声を掛けてくるが、応えることもできない。アップルパイのお代わりを再び使用人に命じながら、国王は続けた。

「そうだな。家名を存続させていくために、我々には様々な義務がある。まず一番優先しなければならないのは、跡継ぎを作ること。そうだな？　私も世継ぎを作ることを何よりも優先するように、言われていた」

国王に万が一のことがあったとしても、跡継ぎがいれば覇権争いの可能性は低くなる。

次代を盤石にするためにも、それは必要な手段の一つだった。

「はい、仰る通りです。ですからウィルフレッドにも見合った妻を……」

「私は王妃を愛している。王妃も私を愛してくれている。だからこそ二人の子に恵まれ、これからもまた子が生まれるだろう。子を育むには、やはり愛は絶対必要なものではないかな？」

ロイドが何とも言いようのない複雑な表情で動きを止めた。

おそらく、彼の中で国王の主張は鼻で笑いたくなるものなのだ。だが国王が口にした内容を完全否定することはできない。

「私は別に、グロックフォード公爵家が確実に次代へと続き、その当主が変わらずに私に仕えてくれるのならば、誰を妻にしようと構わない」

「でしたら子を作るための女は愛妾にし、正妻を作るべきです。だいたい、下級貴族が我々の中に溶け込むには、気品、勉学、マナー、立ち居振る舞いなど、足りないものだらけです！　次代当主となるに相応しく育てていくために教えなければならないものを、これから学ばなければならない無駄は省くべきです！」

シャノンを子を作る道具のように言うロイドを、今すぐ斬り捨てたくなる。

ウィルフレッドは堪えるために、テーブルに乗せた手を拳に握り締めた。掌に爪が食い込み、皮膚を破って血が滲む。

「確かに下級貴族として過ごしてきた者が我々の中に溶け込むには、相当の努力が必要だろう。ウィルフレッド、彼女はそれに耐えられる令嬢なのか？」

確認したことはないが、必ず乗り越えてくれると信じられた。迷いなく頷くと、国王は満足げに笑う。

「ならば何の問題もない。申請を上げるといい。私は許可するぞ」

「……陛下……!!」

「なんだ、私の決定が不満か？」

笑いながらの問いかけに、ロイドはそれ以上言えなくなる。ウィルフレッドは立ち上がり、深く礼をした。

「ありがとうございます」

こうなればたとえ再びロイドが妨害してきたとしても、結婚許可証の発布がされないことはあり得ない。

（もしや陛下はロイドが妨害しないように、あえて同席させていたのか……？）

三皿目のパイが、あっという間に消えている。満足そうに茶を味わっていた国王がチラリとこちらを見やり、軽くウィンクしてきた。

敵わない、とウィルフレッドは伏し目がちに微笑む。今にも刺し殺しそうな視線が一瞬ロイドから向けられたが、これ以上進言すると自分の立場がまずくなると判じたのだろう。

ロイドは平静さを保つために茶を飲む。

それまで沈黙していたアラベラが口を開いたのは、そのときだった。

「あの……でしたら私が、シャノン嬢の家庭教師をいたしましょうか？」

ロイドがはっと目を瞠り、即座に頷いた。

「ああ、それはいい。アラベラは貴婦人としての教育を幼い頃より受けている。我が妹ならば、教師として最適だろう」

どのような機会も決して見過ごさない兄妹の貪欲さには、呆れすら覚える。ウィルフレッドは小さく首を横に振った。

「とんでもない。どのような粗相をして迷惑を掛けられることになるかわからんからな。断る。では陛下、私はこれで失礼します。お時間をいただき、ありがとうございました」

国王に別れの挨拶をして、立ち去る。

しばらくして、粗相をするのがアラベラだと言ったことに気づいたようだ。ロイドが反論するために立ち上がる気配が伝わってきたが、もちろん足を止めることなどしない。

(冗談ではない。アラベラをシャノンに近づけさせるわけがないだろう。何をしてくるかわからん……‼)

これまであの兄妹が自分を陥落するために様々なことを仕掛けてきた過去を思い返すと、自然と表情は強張り、瞳は厳しくなる。王城内にある騎士団施設へと向かう途中で使用人や顔見知りの貴族たちとすれ違い挨拶されるが、皆、触らぬ神に祟りなしとでも言うようにそそくさと立ち去っていくほどだった。

途中にある庭園で使用人たちが咲き誇っている花壇の花を摘んでいるのを何気なく見やったところ、その花がシャノンがまとう雰囲気にとても似ていて足を止めた。気づけば少し分けてもらえないかと使用人たちに頼んでいる。

彼女たちはずいぶん驚いたものの、手際よくリボンで束ね、小さな花束にしてくれた。

それを持って騎士団施設に到着すれば、出仕していた騎士たちが、皆一様に驚いた顔をしながら挨拶する。自分の姿が変なのかと思うが、心当たりがない。

執務室に入ると、先にやって来ていたクレイグが決裁処理の仕分けをしているところだった。主の姿を認めると彼は柔らかく微笑む。

「可愛らしい花束ですね。ガーベラですか。どうされたのですか？」

「通りかかった庭園で摘んでいるのを見てな。分けてもらった。シャノンに似合いそうだ」

「ではしおれないうちにお届けしておきましょう。きっと喜ばれますよ」

クレイグが使用人を呼び寄せ、花束をシャノンに届ける手配をしてくれる。あの花はガーベラというのか、と初めて認識した。

執務椅子に座る。急ぎのものとそうでないもの、資料を見なければならないものなど小分けされてはいるが、それなりの量だ。もとより仕事についてうんざりすることはほぼなかったが、今日は不思議といつも以上に気力に満ちていた。

帰宅すれば、シャノンが待っている。そして国王に結婚を許可してもらえたことを報告できる。貴婦人としての勉強については負担を掛けてしまうが、きっと笑顔で頑張ると言ってくれるはずだ。

（本当は、今すぐに帰ってシャノンを……）

想いを交わし合ってからはなんだかんだ言いつつ手を出せず、一緒に眠るだけの毎日だった。シャノンと結婚することをサマーヘイズ伯爵に報告する手紙を送ったりしていると、婚儀前に彼女を求めることはいけないと思ってしまう。

（いや、それが普通なのだが……普通、なのだが……）

シャノンは自分を信頼してくれている。添い寝だけでも不満はないらしく、猫が甘えるように胸元にすり寄ってくるのが可愛らしい。大事にしたいと思う反面、欲望のままに組み敷いて、あの無垢な身体をたっぷり味わいたくもなる。

自分は異性に対して淡泊だと思っていたが、そうではないのかもしれない。何しろ、性に奔放すぎる両親の血を継いでいる。思っているほど自分の中身は清廉ではないのかもしれない。

（……別に、私が我慢すればいいだけの話で……ううむ……）

悶々と考え込みながらも、仕事はテキパキとこなしていく。だが、長年一緒にいるクレイグにはわかるらしい。

「ウィルフレッドさま、少し休憩にいたしましょう。何か思い煩うこともおありのようです。私でよろしければ、聞かせてください。話してすっきりする場合もあります」

そう言ってもらえると、恥も外聞もなく頼りたくなる。何しろ自分は、誰かを愛おしく思うことについては、まるっきりの初心者なのだ！

神妙な顔でクレイグに問いかける。すなわち、性欲を抑えるために効果的な方法はないか、と。

しばし目を瞠って主を見返したあと、クレイグはにっこり笑って答えた。

「いくつか方法はありますが、ウィルフレッドさまは特に抑える必要はないかと思います。むしろシャノンさまを安心させるためにも、欲しいときは欲しいとお伝えすることが一番だと思います。シャノンさまが今日は嫌と仰ったときだけ、我慢すればよろしいのではありませんか？　色々と頭で考えすぎると、触れられるきっかけを摑めなくなりますよ？」

そんなことをしてもいいのかと疑わしいのだが、確かにこういうことは相手とのすり合わせが必要かもしれない。変わらず神妙な顔で頷くと、クレイグに苦笑された。


王城から届いたガーベラの花束を、シャノンはすぐ自室に飾った。明るいオレンジ色と黄色の花束はとても可愛らしく、見ていると自然と笑顔になれる色合いだ。この花束を届けてくれたということは、結婚の許可が下りたのかもしれない。

（でもきっと、今のままでというわけにはいかないと思うわ）

身分は伯爵令嬢だとしても、王都に住まう高位貴族令嬢たちに比べれば、気品もマナーも勉学もひどく劣っているはずだ。

ウィルフレッドの妻として、グロックフォード公爵夫人として、学ばなければならないことはたくさんある。結婚の許可が下りたら、それらを補うための勉強をしたいと頼むつもりだった。一応ウィルフレッドが傍にいないときは図書室にこもり、独学でできることから始めているのだが。

(ウィルフレッドさまがお帰りになったら、お話ししよう。……それに、今夜は……ウィ、ウィルフレッドさま、と……あ、愛し合える、かしら……？)

なんだかんだ言いつつ気遣ってくれて、ウィルフレッドは一緒に眠っても何もしてこない。いや、深く官能的なくちづけは与えられ、ずっと抱き締められている。……だがそれだけだ。

抱いて欲しい、などと思うのは、はしたないだろう。それでも時折、時と場合も考えず、欲望のままに求めて欲しいと思ってしまう。

(何をいやらしいことを考えているの、私は！　ウィルフレッドさまはあんなに清廉でいらっしゃるのに……!!)

真っ赤になって、頬を軽く叩く。すると耳に突然、雨の音が聞こえた。

晴天だったはずの空は急に暗くなり、すぐに大粒の雨が降り始める。遠くで雷の音も聞こえたが、曇天の奥には晴れ間があった。通り雨だ。

だがすぐにハッとする。

今はちょうどウィルフレッドが帰宅する時間帯だ。彼は出仕の際、天気のいい日は馬車ではなく愛馬を駆って行く。帰宅途中でこの雨に濡れる可能性は大いにあった。

念のため、使用人たちに湯と着替えを用意させる。しばらくすると、ずぶ濡れになったウィルフレッドが帰ってきた。

準備しておいて良かったとしみじみ思いながら、彼を浴室に促す。いつもならば使用人たちが入浴の手伝いをするが、国王の返事がどうだったか早く聞きたくて、自分が世話をすると申し出た。

湯が乳白色に染まる入浴剤を入れて湯加減を確かめていると、衝立の向こうで服を脱いだウィルフレッドが、濡れた不快感に顔を顰めつつ姿を見せた。

まったく躊躇わずに全裸でやって来る。慌てて目を逸らすと、ウィルフレッドは礼を言って猫足のバスタブの中に身を沈めた。

「ああ、いい湯加減だ。気持ちがいい」

「……良、良かった、です……」

意識したせいで急にドキドキし、どこを見ていいのかわからなくなる。だが使用人を下げてしまった以上、自分が彼の世話をしなければ。

入浴剤で湯が白く濁っていて良かったと胸を撫で下ろし、バスタブの傍に膝をつく。

「ウィルフレッドさま、髪を洗いましょうか」

「ありがとう。頼む」

ウィルフレッドは従順に身を委ね、髪を洗わせてくれる。少しでも彼が気持ちよくなるようにと心がけて髪を洗い、泡を流す。そうしながら国王との話はどうなったのかを問えば、許可が下りたと教えてもらえた。

「まあ、面倒なしきたりがこれから色々とあるから、すぐに婚儀を、というわけにもいかんが……これで君を、名実ともに私の妻とすることができる」

濡れた前髪を掻き上げ、ウィルフレッドが甘やかな瞳で言う。嬉しさとときめきで顔が赤くなりながらも、満面の笑みを返した。

ちょうど濡れた髪を押さえるためにタオルを渡そうとしたとき、その手を摑まれて引き寄せられ、優しくくちづけられる。

柔らかく何度も啄まれたあと、どちらからともなく唇を開く。ウィルフレッドの舌がすぐに口中に入り込んできて、ゆっくりと絡みついてきた。

「……ん……んぅ……」

舌先を擽るように触れ合わせ、歯列や上顎のざらつきをゆっくりと舐められる。くちづけだけで身体から力が失われ、蕩け始めてしまう。

甘く官能的なくちづけに瞳が潤んだ。唇が離れれば、とても満たされた気持ちと――もっと欲しい気持ちが生まれて、身体の奥が甘く疼く。

(嫌だ……私ったら……)

はしたない、と恥じ入って目を伏せると、頭頂にちゅ……っ、とくちづけたウィルフレッドが、言いにくそうに続けた。

「……君が嫌でなければ……抱きたい」

ドキリ、と胸が痛いほど高鳴る。求められる喜びとさらに強くなる疼きにドキドキする。頬を赤く染めて彼を見返し、頷いた。

「私も、抱いて欲しい、です……。あ、あの、これから寝室……に……？　うんぅ……っ？」

まだ夜も更けていないうちから情事に至っていいのだろうかと思いながらも、抱かれたい気持ちが強くてそう問いかけようとする。だがウィルフレッドの手が背中に回り、背筋に合わせて並んだくるみボタンを、もどかしげに外し始めた。

「……んぅ……ウィルフレッド、さま……あの……あの、ここ……で……っ？」

くちづけの合間に何とか問いかける。ウィルフレッドは情欲にギラついた瞳で見返した。

「今すぐ、君が欲しくなった」

いつもこちらの気持ちを最優先にして、優しく、紳士的に触れてくれていた。何がウィルフレッドの欲情に火をつけたのかはわからなかったが、彼らしくなく夢中で求められることは、嬉しい。

「……駄目……では、ありません。私は……ウィルフレッドさまのもの、ですから……」

ウィルフレッドが低く呻き、ドレスを引きちぎりそうな勢いで脱がそうとする。

袖のつなぎ目が嫌な音を立て、シャノンは慌てた。服を破かれたりしては、使用人たちが何を思うかわからない。

「あ、あの……あの、脱ぎますから……っ！　ま、待ってくださ……」

「君が、自分で……？」

コクコク、と何度も頷く。ウィルフレッドはしばし考え込むように目を眇めたあと、自分の唇を舐めた。

「……ああ、いい、かもしれない……私に抱かれるために、君が自ら……」

バスタブに座ったままで、ウィルフレッドが手を離す。アイスブルーの瞳が炯々と光り、じっとこちらの動きを見つめた。

強い視線に身体が震え、まだ触れられてもいないのに、甘い快感が全身をゆっくりと巡っていく。

震える指先で、恥じらいながらもドレスを脱いでいく。ウィルフレッドの視線は一瞬たりとも離れない。脱いだものは近くの籠にまとめておいたが、このあとはどうしたらいいのかわからず、所在なげに胸元と股間を腕と手で隠して立つ。

ウィルフレッドが愛おしげに呟いた。

「とても、綺麗だ。初めて見たときから変わらない……いや、もっと綺麗になっている」

自分ではよくわからないが、そうなのだろうか。だとしたら。

「……ウィルフレッドさまの、おかげだと思います」

「もしそうならば、私は自分がとても誇らしい」

腕を摑まれ、バスタブの中に促された。二人で入っても窮屈さはさほど感じないが、湯が溢れて流れ出してしまう。

ウィルフレッドが細腰を摑み、軽く胡座《あぐら》をかいた足を跨ぐように座らせた。入浴剤のせいで見えないが、互いの恥部が湯の中でぴったりと重なる。

すでにもう雄々しく反り返った肉竿の裏筋が恥丘に押しつけられて、ドキドキする。ウィルフレッドが背中を両手で支え、改めてくちづけてきた。

「……ん……んぅ……」

舌を絡め合い、角度を変えて深くくちづけ合う。意識がすぐに蕩け、背筋を撫でていた両手が前に回り、乳房を包み込んで丸く捏ねてきた。

骨張った指先がすぐに乳首を捕らえ、指の腹で側面を擦り立てる。舌先を吸われながら弄られると、あっという間に硬くなってしまって恥ずかしかった。

「……あ……」

ウィルフレッドがくちづけを終わらせ、形を確かめるかのごとく右の乳房にねっとりと舌を這わせてくる。反対側は捏ねられつつ乳首を時折指先で弾かれ、そのたびにビクン、と身体を震わせた。

さらに硬く尖った乳首を舌先でちろちろと舐り、乳輪の形に沿って強く舐める。かと思えば前歯で軽く甘噛みされた。軽く仰け反ると、興奮したのか大きくくわえ込まれた。

「……あ……あぁ……そ、んな……胸、ばっかり……」

熱い口中で吸われながら舌先で嬲られると、身体の奥が——恥丘の奥がきゅんっと甘く疼く。欲しい気持ちが自然と湧き上がるためか、腰が小さく揺れてしまった。

ちゃぷ……っ、と湯面が揺れてその音にハッとし、恥じらって目を伏せる。ウィルフレッドが強く乳首を吸い上げてから、小さく笑った。

「すまん。焦らしてしまっているか？　君の胸……とても形が良くて綺麗で、ずっと舐めていたくなるんだが……」

ここも可愛い、と囁き、左の乳首を舌で上下左右に舐め回される。

「私が舐めると張りが増して、この頂きも硬くなって吸いやすく、舐めやすくなる。君が私の愛撫に興奮してくれることがわかって嬉しくなるんだ」

「……や、やぁ……そ、んなこと、言わないでくださ……っ」

確かにその通りかもしれないが、はっきり言われると恥ずかしくて堪らない。ウィルフレッドは軽く眉根を寄せ、微苦笑した。

「だが……君の中に入るのに、傷つけるようなことはしたくない。たっぷりと蕩かせてやりたいんだ……」

左の胸にも同じくらい唇と舌で愛撫され、胸だけで軽く達してしまう。小さく掠れた喘ぎを上げ、ウィルフレッドの頭を抱き込んで身を震わせると、彼はこちらを驚きの表情で見返した。

「……胸だけ、で……達した、のか……？」

「……し、知りません……っ。こ、こんな恥ずかしい……」

自分の身体が思った以上にいやらしくなってしまっていることに驚く。彼がどう思ったか不安になり、自然と涙目になった。

だがウィルフレッドは嬉しそうに小さく笑うと、内腿に右手を這わせた。乳白色の湯の中で骨張った大きな手が内腿を擽りながら秘められた場所へと向かい、指先で花弁をそっと撫でた。

「君がそんなふうに感じてくれると、嬉しいものだ……。君を悦ばせ、素直に快楽を受け止められる身体にしているのが私だとわかる」

「あ……あ……っ」

指が優しく花弁を押し開き、ぬぷり、と浅い部分を出入りする。同時に親指の腹で花芽をくりくりと押し揉まれ、シャノンは身を震わせた。

蜜が滲み出し、蜜壺の入口をぬめらせる。ウィルフレッドはその蜜を掻き出すように中指を奥まで押し入れ、中で鉤状に軽く曲げると、ゆっくりと抜き差しし始めた。

腰が蕩けるほどの快感が、やって来る。反射的に逃げ腰になると、蜜洞の上部——臍《へそ》の裏辺りにある感じる部分を擦られ、堪らなく気持ちがいい。

「ああ……っ、あ……駄目……そこっ、駄目……っ」

ウィルフレッドの肩を両手で摑み、身体を仰け反らせて逃げる。彼が背を支えてくれなければ、そのまま仰向けで湯船に倒れ込んでしまいそうだ。

「ここが……気持ちいい、か……可愛い。もっと弄ってやりたくなる……」

「あ……あ、駄目駄目……嫌……っ、そんなに、しな……い、で……っ」

ぐいぐいと肉壁を押し上げられ、蜜壺がきつく締まる。変わらず花芽を押し揉まれながらでは、堪らない。何かが、そこから溢れ出しそうだ。

「ああっ、ウィルフレッドさま……！　嫌、何か……っ」

切迫した声で言うと、ウィルフレッドが慌てて指を引き抜いた。

「すまん……！　辛いか!?」

「……あ……あぁ……っ」

達しそうになっていたのに急に止められて、蕩けた表情のまま腰を震わせる。ウィルフレッドは小さく息を呑むとシャノンを抱き上げ、壁を背にバスタブの縁に座らせた。

「指が辛いならば……やはり、私の口で、君のここを可愛がってやるのがいい……」

ウィルフレッドが跪き、足を大きく開かせる。そして迷うことなく股間に顔を埋めると、舌と唇で花弁を押し開き、指の代わりに舌を出入りさせた。

「あ……はぁ、あ、あ……っ」

指とは違う快感が与えられ、喘ぎが堪えられない。しかも浴室は声が反響するのか、小さな喘ぎでもはっきりと耳に届く。

シャノンは慌てて両手で口を押さえた。

「ふ……く、うん……っ」

ウィルフレッドの舌の動きは優しく、シャノンを絶頂に追い上げるため、丁寧に花芽や花弁、入口を愛撫した。ぴちゃ、ぴちゃ、と蜜を舐め取られる小さな水音も、快感を高めた。何度も小さな極みを迎え、快楽で意識がぼんやりしてしまうほどに愛される。

感じすぎてぐったりしてしまった身体を、ウィルフレッドが立たせてくれた。首にしがみつくようにと、優しい声で囁かれる。

これからどうするつもりなのだろう。頭の隅でぼんやり思っていると、ウィルフレッドがシャノンの右足を腕に引っかけた。股間が縦に大きく割り開かれ、羞恥で意識が一瞬はっきりする。

そのときにはもう反り返った男根の先端が、ぬぷ……、と花弁を押し割り、入り込んできていた。

「……あ、あぁ……っ」

下からゆっくりと突き入れられると、肉竿の感触が初めてのときと違い、背筋がゾクゾクする。

「苦しい、か……？」

ウィルフレッドが軽く眉根を寄せて、問いかけた。初めてのときよりも圧迫感があるのは、彼の肉竿が恐れを抱くほど雄々しいからかもしれない。

しかも立ったまま大きく足を開かされたこの体勢は、視線を落とせば繋がっている様子がよくわかる。視覚からも快感を与えられ、顔を赤くしながらも小さく首を横に振った。

「大丈夫、です……だから……」

奥に、来てください――羞恥ゆえに消え入りそうな声ではあったが、ウィルフレッドにはちゃんと伝わったらしい。がしっ、とシャノンの腰を掴むと、無言のまま腰をせり出し、一気に奥まで入り込んでくる。

「……ひ……っ」

ずんっ、と最奥を押し上げられ、身長差ゆえに身体が浮き上がる。直後、ウィルフレッドが欲望のままに腰を打ち振り、それが辛うじてバスタブの底についていた左足をも危うくさせた。

「……あ……あ、あ……っ！」

身体が浮き上がる本能的な恐怖から、蜜壺がぎゅっと締まる。それが中を蹂躙する男根を絞るように締めつけ、ウィルフレッドの快感も強めたようだ。

「……く、う……っ」

低く呻いて吐精感を堪えたウィルフレッドが、さらに激しく突き上げる。縋りつくものを求め、シャノンは彼の首に腕を絡めてしがみついた。

「……シャノン……シャノン……！　好きだ……好き、だ……！」

「……ウィルフレッド、さま、私、も……ああっ！」

左足も腕に引っかけられてしまい、わずかに壁に肩が押しつけられた体勢で貫かれる。湯が激しく揺れ動き、互いにもう何もかもわからなくなったかのように快感を追い求める。汗と湯気で湿った熱い身体を、抱き締め合う。律動に合わせて厚い胸板で乳房と二つの頂きを肌で擦られ、気持ちがいい。

名を呼ぶこともできなかったが、どちらからともなく唇を重ね、舌を激しく絡ませて絶頂へと向かう。

涙で霞む視界に、白い光が細かく散った。シャノンはウィルフレッドの腰に足を絡めてきつくしがみつき、身を強張らせる。

直後にウィルフレッドが腰を強くせり上げて低く呻き、吐精した。

「……っ!!」

びゅくびゅく、と激しく最奥に射精され、しがみつきながら身震いする。ずいぶんと長く吐き出され——呑み込みきれなかったものが湯面に落ち、小さな水音が上がった。

「……あ……」

ようやく下ろされるが足に力が入らず、縋りつく。さらに内腿をつ……っ、と伝い落ちてきた吐精の名残に身を震わせると、ウィルフレッドがまだ興奮冷めやらぬ熱っぽい瞳で言った。

「……すまん。まだ……治まらん……！」

返事を待たず、ウィルフレッドが今度は壁に両手を突かせ、背後から貫いた。

「あ……あぁ……っ!!」

達したばかりで落ち着きを取り戻してはいない身体は、背後からの挿入を震えながらも驚くほど容易く受け入れた。

ウィルフレッドはシャノンの背中にくちづけ、前に回した両手で乳房を捏ねつつ腰を打ち振る。湿った肌がぶつかり合う音と、互いの荒い呼吸音が艶めかしい。

「君の中は、気持ちよすぎて……何も、考えられなくなる……な……っ」

胸を捏ねていた右手が結合部へと移動し、ぷっくりと膨らんだ花芽を摘まんで扱いた。

中と外の同時の愛撫で、すぐに達する。

「……あ……あ、駄目っ！　一緒は……あぁーっ!!」

「ふ……ぐ、う……っ」

ガクガクと震える身体を羽交い締めにするかのように抱き締めて、ウィルフレッドが再び吐精した。耳元に唇を寄せ、耳殻を甘噛みし、最後の一滴まで注ぎ込むために小刻みに腰を打ち込む。

「……は……はぁ……っ、シャノン……もう、一度……」

中に納まったままの男根は、まだ硬さと張りを保ち続けている。彼が満足するまで応えたい気持ちは強くあったが、身体がふわふわして——いや、クラクラして難しい。

「……シャノン？　シャノン！」

(申し訳ございません、ウィルフレッドさま……私、逆上《のぼ》せて……)

そう応えたつもりだったが、声にはならなかった。


目が覚めると、ベッドの中だった。傍にウィルフレッドがいて、まるでこの世の終わりのような悲愴な顔をしている。

「すまなかった！　身体は大丈夫か!?」

「……は、はい……大丈夫、です……」

「本当にすまなかった。何かもう、自分でも何であんなに歯止めが利かなかったのか、よくわからん……」

上体を起こそうとすると手伝ってくれる。そして背中にクッションをいくつも埋め込ん

で座りやすいようにし、グラスに水を注いで差し出した。

もう火照りはない。それでも念のため一杯は飲みきってくれと頼まれ、ゆっくりと飲み干す。ほ……っ、と息を吐いてグラスを返すと、ウィルフレッドが頬や髪を優しく撫でてくれた。

ずいぶんと消沈した様子だ。シャノンは慌てて微笑みかける。

「ウィルフレッドさま、もう大丈夫です。そんな顔をなさらないでください」

「いや、私が君を獣のように貪ったことに間違いはない。いくら抱きたくて堪らなかったとはいえ、あれでは君の尊厳を無視しているのと同じだ。……私は……最初は薬に負け、次は欲望に負け……情けない男だ……」

ウィルフレッドの生真面目さと清廉さは尊敬するべき美徳だが、このままでは二度と自分に触れてはもらえないような気もする。自分も触れて欲しかったのだから気にすることはないと告げようとして——ふと、気づいた。

(まさかそんなこと……あり得る、のかしら……)

「あ、あの、ウィルフレッドさま。とても失礼なことを口にしてしまうかもしれませんが……」

「構わない。何だ?」

「……我慢しすぎるといけない、ということではありませんか?」

　ウィルフレッドが目を丸くする。まさにこの表情こそ、鳩が豆鉄砲を食ったような、と言うものだろう。可愛い、などと思ってはいけないのだが——可愛い。

「私を気遣ってくださって、私に触れないようにしていたから……触れて、暴走してしまった、と……」

　ウィルフレッドがゆっくりと瞬きする。

「いや……そんな……そう、なのか？　確かに、君に触れるのを我慢していたことは、事実だ……。君に触れたいといつも思っているが……いやだがしかしそれでは……両親と、大して変わらんぞ……」

　納得し、次には絶句する。シャノンはウィルフレッドの両手を握り締め、安心させるために続けた。

「私は、私に触れたいと思ってくださることがとても嬉しいです。もちろん、それだけではなくて傍にいるだけでも、お話をするだけでも嬉しいです。ですが、触れたいと思ったときに我慢させてしまうような妻にはなりたくありません。と、時と場合は考えていただかなければなりませんが……す、少なくとも二人きりのときやこのお屋敷の中では、ウィルフレッドさまの好きに触れてくだ、さい……」

　最後はなんだかとんでもなく大胆なことを口にしているのかもしれないと、真っ赤になって俯く。ウィルフレッドが小さく笑い、顎先を指で軽く持ち上げてくちづけた。

「ありがとう。そう言ってもらえると、少し気持ちが軽くなった。……いや、だが、君の身体のことはきちんと考える！　触れたくなったらそう言うから、嫌だったらちゃんと教えてくれ」

「わ、わかりました。あの……何も言わなかったら、それは良いってことですから……ね？」

「わかった。なら……激しくはしないからもう少し……君を愛したい」

こくりと小さく頷くと、ウィルフレッドが嬉しそうに笑って再びゆっくりと——けれども何度も絶頂を与えて蕩けさせられながら、奥深くを愛された。言葉通り優しくゆっくりとした愛撫だったためか、彼の精を受け止めても失神することはなかった。

満たされ、汗ばんだ身体をウィルフレッドが抱き締める。裸の胸に頬を押しつけて彼の温もりと匂いを感じ、落ち着きを取り戻せば、小さく腹が鳴った。

そういえば夕食を食べ損ねている。ウィルフレッドはどうなのだろう。食事をしたのだろうか。

真っ赤になった頬に軽くくちづけ、ウィルフレッドが身を起こした。

「すまない。さすがに腹が減ったよな。すぐに用意させる。私も一緒に食べよう」

身を起こすと、ウィルフレッドがガウンを着させてくれた。呼び鈴を鳴らす前にシャノンは言う。

「あの、ウィルフレッドさま。お願いがあるのですが……」

（陛下から結婚の許可をいただいた。次に私がしなければならないことは）

呼び鈴を置き、ウィルフレッドが傍に腰を下ろした。

「何だ？　何でも言ってくれ。できることはすべてしよう」

「ありがとうございます。私に、高位貴族の夫人となるべく勉強させていただきたいのです」

ウィルフレッドが驚いたように目を瞠る。自分の至らなさを口にすることはとても恥ずかしかったが、事実だ。

「私はウィルフレッドさまの妻として、色々な方に認めてもらいたいのです。ですが、今の私では、勉学、マナー、気品など、とても足りていません。婚儀までに間に合うかどうかはわかりませんが、努力します。どうか、私に教師をつけてください」

「……ふ……っ」

ウィルフレッドが右手で口元を押さえ、低く笑った。まさか笑われるとは予想もしていなかったため、とんでもなく不相応な願いだったのかと青ざめてしまう。

ひとしきり笑ったあと、ウィルフレッドは嬉しそうに続けた。

「実はそれを、君にお願いしようとしていた。君には辛いことかもしれないが……高位貴族令嬢としての教育が圧倒的に足りない。私の妻という立場に立つことを周囲がある程度認めるために、その勉強をして欲しかった。私が頼む前に、君から頼まれてしまったがな」

二人とも同じ思いだったことがわかり、笑顔になる。ウィルフレッドが優しく唇にくちづけた。

「ありがとう、シャノン。君からそう言ってもらえて、とても嬉しい。私は良き妻を迎えられた」

「……ま、まだ婚儀を行っていないので……つ、妻では……」

「そうだな。だが私は君以外を妻として迎えるつもりがない。だからもう君は私の妻だ」

ウィルフレッドが再びくちづけてくる。柔らかく穏やかなくちづけも、気持ちいい。うっとりと目を閉じて身を委ねていると、彼が苦笑して身を離した。

食事にしようと耳元で囁かれ、改めて空腹を思い出す。

求められたら応えるつもりでいたことが、恥ずかしかった。自分も、ほどよく彼と触れ合わないと駄目なのかもしれない。

ウィルフレッドの対応は迅速で、翌々日には次々と家庭教師がやって来て顔合わせがされた。

人選はクレイグが、最終面接はウィルフレッド自身がしてくれたという。各方面でそれなりに名が知られている者たちばかりだというが、王都の社交界事情はさっぱりわからない。恥じ入りながらも素直に教えを請えば、彼らは皆、笑顔で引き受けてくれた。

一番助かるのは、シャノンの身分がかなり低いと知っても、誰もそれを馬鹿にしないことだ。身分に関係なく学ぼうと頑張る者に対して、誠実に対応してくれる。ウィルフレッドの人を見る目は凄いと尊敬した。

ウィルフレッドのためにも身分以外は誰からも馬鹿にされたくなくて、一生懸命勉強した。

だが勉強のための夜更かしは許されず、机に向かいすぎていると、ウィルフレッドに椅子から抱き上げられてベッドに運ばれてしまう。おかげで体調を崩すこともなく、順調に授業は進んでいった。

ダンスやマナー、歴史学、刺繍など、学ぶことは多かったが、それらすべてが新鮮で、新たな発見があって楽しかった。淑女の嗜みの一つとして楽器演奏があり、ピアノをきちんと弾けるようになれたのは特に嬉しかった。

サマーヘイズ領では日々の生活に忙しく、ピアノは簡単な曲だけ、あるいは子供たちの合唱などで伴奏ができればいいと思っていた程度だった。

教えてもらった曲を綺麗に演奏できると、嬉しさのあまりウィルフレッドに披露する。彼はとても喜んでくれた。もしやピアニストの才能があるのかもしれない、もっと本格的に勉強したいのならば手配するとまで言ってもらえたほどだ。

一瞬そうしてもらおうかとも考えたものの、結局弾いて喜んでもらいたいのはウィルフレッドと屋敷の者たちだけなので、丁重に断った。

ダンスの練習では時折ウィルフレッドが相手役をしてくれた。彼のリードは教師よりも踊りやすく、安心感があった。

彼も同じらしい。バイオリン演奏をしてくれたクレイグが教師と一緒に苦笑してしまうほど長く踊っていて、最後の方はさすがにくたびれてしまった。

食事の席もマナー勉強の復習の場として利用し、間違ったところがあればウィルフレッドが指摘してくれる。指摘は恥ずかしかったが、きちんとできるようになれば褒めてもらえるため、自然とやる気が出た。

そんな日々を送っていたある日、執務中のウィルフレッドに休憩用の茶と菓子を用意して持って行ったところ、ノックする前にクレイグとの会話が聞こえた。

「シャノンさま、お勉強の方をとても頑張ってくださっていますね。教師たちもめざましい成長だと褒めていました」

「そうだろう。さすがシャノンだ。私の妻として相応しくなろうと、これほど頑張ってくれるとは思わなかった。とても誇らしい。私も彼女に相応しい夫として、努力邁進を止めてはいかんな」

自分を誇ってくれたことが、とても嬉しかった。もっと頑張ろうと自然と思った。

そしてその夜、寝室に入ったあと、ウィルフレッドが提案してきたのだ。

「シャノン、そろそろ私と一緒に社交界に出てみないか」

(ついに、来たわ……!!)

婚儀の準備は順調に進んでいるが、その前に社交界で顔を知ってもらう必要がある。同時にウィルフレッドと交流のある者や現状の貴族関係などを、直に確認しなければならない。

「はい、行きます!」

怯んだところで、必ず迎えなければならない事態だ。ならばやるしかない、と意気込んで頷くと、ウィルフレッドが微苦笑しながら頭を抱き寄せた。

「そんなに気張る必要はない。君らしく、気軽に参加して欲しい。私ももちろんエスコートする」

「……ご、ごめんなさい。ご心配をお掛けしてしまって……」

「心配など少しもしていないから安心してくれ。君はこれまで私に恥をかかせないよう、努力し続けてくれた。その成果を周囲に見せるだけだ」

包み込むような優しい抱擁と声が、今からもう緊張に強張りそうになる心を解してくれる。シャノンは心からの笑みを浮かべて言った。

「ありがとうございます、ウィルフレッドさま。どうぞよろしくお願いします」

「もちろんだ。では、君を紹介するために手頃なパーティーをクレイグに見繕ってもらおう。ああ、王都の社交界でのデビューだ。頭から爪先まで、綺麗に着飾ろう。私は流行には鈍感だが……デザインを選ぶときに同席してもいいだろうか？」

ウキウキとした表情から、ドレスやアクセサリーを一式新しく作るつもりなのだとわかる。

「わざわざ新しく作ることはしなくても、今あるもので充分です。ウィルフレッドさまが色々と揃えてくださっていますし」

「何を言う。君の晴れ舞台だ。それとこれとは話が別だ。クレイグに明日にでも仕立屋と宝飾屋を呼んでもらっておく」

もう一度大丈夫だと伝えようとするが、ウィルフレッドがあまりにも嬉しそうな顔をしているため口を噤んでしまう。しかも本人はそんな顔をしていることに気づいていなかった。

パーティー当日、クレイグが手配したグロックフォード公爵家御用達の仕立屋と宝飾屋によって、新しいドレスとアクセサリー一式が用意された。なぜかウィルフレッドも盛装を仕立てていた。

どうやらデザインや色合いなどを自分のドレスとおそろいにしたかったようだ。二人並んで鏡に映ると、予想以上に華やかだった。

サマーヘイズ領では滅多に着ることのなかった肩や腕を出すドレスは、慣れていないために妙に気恥ずかしい。とりあえずおかしいところはないはずだがと、ウィルフレッドに問いかける。

「あ、あの……どう、でしょう……？」

「……綺麗だ……」

どこか呆けたように呟いたあと、一歩離れて全身を眺め、今度は後ろに回って眺める。次は右からも左からもと、どの角度も見落とさんとでも言わんばかりにシャノンの周りをぐるりと一周する。そして非常に満足そうに笑顔で頷いた。

「これほどまでに美しく着飾った君をエスコートできるとは、鼻が高い」

ウキウキした態度をまったく隠さない様子は、見ているこちらが気恥ずかしくなってしまう。使用人たちも今ではだいぶ通常時とシャノンに対しているときの態度の違いに慣れてきているものの、やはりまだまだ驚きの方が強いらしい。

クレイグが微苦笑し、ウィルフレッドを促す。言われてようやくそのことに気づいて軽く咳払いし、ウィルフレッドが軽く曲げた右腕を差し出した。

「すまん、浮かれているようだ。行こう」

「い、いえ……大丈夫、です」

なんだか変な返答だなと思いつつもそう言って、差し出された腕に触れる。クレイグが先導し、玄関ホールへと向かった。

付き従いながらそっとウィルフレッドの横顔を見上げ、凛々しい姿に見惚れた。

いつも彼は格好いいが、今日は特に素敵だ。できることならば、ずっと見続けていたくなるほどに。

無駄な筋肉のない整った身体つきが強調されるデザインの盛装姿には、それだけで大人の男の色気を感じてしまう。だが前を向く端整な顔は清廉な凛々しさがあって、不用意に声を掛けることを躊躇うほどだ。

見られていると気づいたウィルフレッドが、心配そうにこちらを見返した。厳しく鋭いアイスブルーの瞳が、その瞬間に甘やかになってドキリとする。

「どうかしたか?」

「……あ、い、いいえ……そ、その……素敵だなと思って……」

正直になりすぎたと気づいたときには遅く、ウィルフレッドが足を止めて驚きの目を向けた。浮ついていると呆れられてしまったかと慌てるが、直後、彼は目元をほんのりと赤くし──けれどもとても嬉しそうに笑った。

「……そ、そうか。君にそう思ってもらえたのならば嬉しい。……いや、しかし嬉しいが……非常に、照れるものだな……うん……」

まるで少年のような初々しさに、胸がきゅんっと疼く。同時にこちらもなんだかとても気恥ずかしくなり、真っ赤になって俯いてしまった。

先導していたクレイグが主人たちをかなり引き離してしまったことに気づき、慌てて戻ってくる。そして顔を赤くしながら照れ合っている様子を認めると、苦笑した。

「仲が大変よろしくて結構です。が、このままですといつまでも出発できませんが……」

「……む！　すまん！　行こう、シャノン」

気を取り直して馬車に乗り込み、今夜のパーティー会場へと向かう。

事前に聞いている話では、主催者は王妃と懇意にしている伯爵夫人だということだ。そのため、女性社会の中では強い発言力を持っているらしい。

国王に認められ、王妃も自分たちを微笑ましく見守ってくれているとは聞いているが、ウィルフレッドは万が一のことを考え、お披露目を兼ねた場を身も心も比較的安全に過ごせる場にするよう配慮してくれた。

このパーティーで、あからさまにシャノンに敵意を向けてくる者はいないだろう。そう思うと緊張もだいぶ解れる。

（ああでも、ウィルフレッドさまの優しいご配慮に甘えるのも今回だけよ。次からは、どんな悪意に満ちていようとも、必要ならば自分一人ででも参加しなければ！）

決意を新たにしていると、馬車が目的地に到着した。すでにもう招待客の多くが到着しているようで、華やかな音楽とさざ波のような歓談の声が聞こえてきた。

立派な屋敷と庭には淡い灯りがいくつも用意されていて、まるで屋敷自体が光を放っているようだ。

ウィルフレッドに導かれて馬車を降り、会場となっているホールへと向かう。

廊下で立ち話をしていた数人の貴族らがウィルフレッドに気づくと、深く礼をしてきた。

彼は特に何も反応を返さなかったが、通り過ぎると興味深げな視線が針のごとく背中に突き刺さってくる。

『あれが、噂のご令嬢……』

『ウィルフレッドさまとご結婚されるという……辺境領主の娘だとか……』

かすかに耳に届いた声には、隠しきれない侮蔑の色合いが含まれていて、ぐっと奥歯を嚙み締める。

わかっていたことだ。こんなことくらいで落ち込んでいても何も変わらない。ここで背中を丸め、いじけてしまっても、卑屈な娘だとかえって嗤われる。

（ウィルフレッドさまのように堂々としたい。だって身分差以外に疚しいことなど、一つもないもの）

やせ我慢だろうと、今はそうしよう。シャノンは背筋を伸ばし、ウィルフレッドの腕をしっかりと取って進む。

前を向いたままで、ウィルフレッドが低く優しい声で言った。

「あんな声は気にすることはない。君は素晴らしい女性だ」

「ありがとうございます。ウィルフレッドさまがそう仰ってくださると、自信が持てます」

ウィルフレッドは少し驚いたように目を瞠ったが、すぐに満足げに頷いた。

ホールの大扉が開き、流れる音楽とざわめきが一気に襲いかかってくる。怯みそうになるのをウィルフレッドの腕を強く摑んで堪えると、彼が頼もしげな声で促した。

「行こう。君は君らしくいればいい」

主催者の伯爵夫人に挨拶に行くと、興味津々の視線が会場内のあちこちから向けられた。広げた扇の内側でひそひそと何か会話する声も聞こえたが、演奏のせいで何を言っているのかまではわからない。だが、廊下で聞こえたものと同じような内容だろうということは、容易く予測できた。

伯爵夫人はあらかじめ打ち合わせをしていたのか、挨拶が終わると軽く手を叩いて皆の視線を集め、シャノンをウィルフレッドの婚約者として紹介してくれた。緊張しながらも授業の成果が十二分に発揮された挨拶をすると、田舎貴族令嬢風情がと蔑みの目を向けていた何人かが、予想が外れたことを悔しがる表情を見せた。

伯爵夫人は満足げに微笑み、シャノンを連れ、招待されている女性たちに挨拶して回る。伯爵夫人自ら紹介をしてもらえ、貴重な機会を絶対無駄にしてはいけないと、懸命に挨拶していった。

だが再びウィルフレッドのもとに戻ったときには、疲弊した表情を見せないようにするだけで精一杯だった。

「大丈夫か。疲れただろう」

「……いえ！　このくらい平気です！　畑仕事に比べれば……あ……っ」

安心させたい一心で思わずそう言ってしまったが、この言葉は令嬢としては相応しくない。慌てて口を噤み周囲を見回したが、彼以外に聞こえた者はいないようでホッとした。

ウィルフレッドが優しく微笑み、トレーを持って練り歩いていた使用人から飲み物のグラスを取って渡してくれる。

「身体の疲れと心の疲れは別物だ。無理はしないでくれ」

ウィルフレッドの笑顔が珍しいのか、意外そうな視線がこちらに向けられた。

礼を言ってグラスを口にし、爽やかな果汁を味わう。休憩用のソファに並んで腰を下ろしていると、数人の貴族がウィルフレッドの前にやって来た。

慌てて立ち上がって対応しようとすると、止められる。

「座ったままでいい。……構わないだろう?」

鋭い視線を向けられ、やって来た者たちは皆、一様に震え上がりつつも頷く。素直に甘えさせてもらうことにするものの、自分に対する態度とはまったく違うと改めて認識した。

お決まりの挨拶、あるいはご機嫌伺いの雑談にもウィルフレッドはまったく感情を見せない。シャノンに勝手に話しかけようものならば、氷の一瞥を与えるほどだ。結局、シャノンがここで発した言葉は、二つ三つ程度だった。

(……こ、これで……いいのかしら……?)

内心で冷や汗を掻くが、ウィルフレッドは一向に態度を変えない。そんなやり取りを交わしていると、彼の纏う空気が急に殺気立ったものに変わった。

ほんの一瞬のことだったとはいえ、驚く。見ればアラベラがやって来ていた。

「こんばんは、ウィルフレッドさま」

ウィルフレッドは睨めつけるだけで応えない。アラベラは鳥の羽のような睫を震わせて、目を伏せる。その儚げで今にも消え入りそうな美しい姿は、思わず手を差し伸べたくなるものだった。

(でも、アラベラさまはウィルフレッドさまと既成事実を作るために媚薬を飲ませて……油断しては駄目)

内心で緊張しつつ、ウィルフレッドの代わりにシャノンは言う。

「こんばんは、アラベラさま。お久しぶりです。ご機嫌いかがですか？」

「……ええ、それなりに。シャノン、少しお話をしたいのだけれど……」

「する必要はない。私たちはもう帰る」

いくら何でも帰宅するには早すぎると驚くが、ウィルフレッドはもう立ち上がろうとしている。アラベラが慌てて細い指を伸ばし、その腕を掴んだ。

「お願いします。ほんの少しでいいのです。大事なことをお話ししたくて……！」

今にも泣き出しそうなほど瞳を潤ませるアラベラの様子に、何事かとざわめきが広がる。ウィルフレッドはまったく気にせず、シャノンの腕を掴んで立ち上がらせた。

このままではきっと良くない噂が広まる気がする。いくらアラベラでも、王妃と懇意にしている伯爵夫人が主催者のパーティーで、仕掛けてくることはないはずだ。

「ウィルフレッドさま。私、アラベラさまと少しお話ししたいです」

「……何を馬鹿なことを……！」

ウィルフレッドが低く叱責する。心配してくれていることがよくわかり、どう言えば彼を納得させられるか上手い言葉が出てこない。

口ごもるシャノンを後押しするようにアラベラが続けた。

「ご心配ならば、ウィルフレッドさまの目が届くところでお話しします。……あのバルコニーで……そこならば私とシャノン、二人きりになれます。でも入口にウィルフレッドさまがいてくだされば……」

「ああ、そうだな。見ていよう。少しでもシャノンに何かしようとするのならば、斬る」

ジャケットの内側にある護身用の短剣を布地越しに軽く押さえながら、ウィルフレッドは言う。

彼の剣の腕は確かだが、そんな言葉を、肉体的にはとてもか弱いアラベラに迷うことなく口にするとは。

しかしアラベラは嬉しそうに微笑んだ。

「……私……ウィルフレッドさまに斬られるのならば、それでも構いませんの……」

一瞬、ゾクリと背筋に寒気が走る。ウィルフレッドは嫌悪感に眉根を寄せた。

アラベラはすぐにシャノンの腕を引き、近くのバルコニーへ連れ出そうとする。本当に斬り殺しそうな剣呑な様子だったが、ウィルフレッドはバルコニーの入口に腕を組んで佇み、こちらを見守ってくれた。

アラベラは柵の方へと誘った。できる限りウィルフレッドに会話を聞かれないようにしたいらしい。

何を言われるのかと内心で身構えつつ、シャノンはひとまず彼女の言う通りにする。会場とは違ってバルコニーは夜風が優しく吹いていて、静かだ。

「急にごめんなさい……その、あのことを、謝りたくて……」

媚薬を盛った件だろう。本当ならばとんでもないことをしたのだと怒りたいが、ぐっと堪える。

「……私、どうしてもウィルフレッドさまと一つに……なりたかったの。淑女として、それはいけないことだとはわかっていたわ……。女性から愛する人を求めるなんて……はしたないことよ。でも、それほどに私は、ウィルフレッドさまのものになりたかったの……」

切々と恋情を訴えてくるアラベラに、唖然とした。

まず、根本から違う。いくら想っていたとしても、媚薬を盛って既成事実を作ろうとすることが間違っている。相手のことを考えていない。それについて一言もないとはどういうことだ。

「私のせいで、あなたはウィルフレッドさまと……過ちを、犯してしまったのでしょう？望んでもいないのにこんなことになってしまって……だから私、この事実をなかったことにするために、全力であなたに尽くしたいの」

(なかったこと……なかったことですって……⁉)

腹の奥に、生まれて初めての怒りを感じた。怒鳴りつけたいのに、上手く言葉が出てこない。

アラベラがシャノンの手を取った。

「そのためには何でもするわ。あなたがまた故郷に戻り、あなたに相応しい生活が送れるように……だから……」

「――結構です」

シャノンはその手を払いのけ、ぴしゃりと言い放った。まさか断られるとは思っていなかったのか、アラベラが驚きに目を瞠る。

「……え……？　でも……ここでの生活は、あなたにとっては負担でしかないわ……」

「そんなことはありません。ウィルフレッドさまがいてくださるから、私はいくらでも頑張れます。アラベラさまの心配は、無用です」

「……ごめんなさい。何を言っているのかわからないわ……。だって、あなたとウィルフレッドさまは薬のせいで……」

軽く息を吸い込み、アラベラを見返す。とても儚げで美しい瞳は、しかし見た目通りではないのかもしれない。

ウィルフレッドとは違う、何とも言えない不思議な威圧感があった。それに震えそうになる心を叱咤し、揺らがない声で言う。

「私とウィルフレッドさまの関係を変えたのは、確かにあの薬です。ですが、互いに望んでいなかったわけではありません。私もウィルフレッドさまもお互いの気持ちを確認し、想いが通じ合っていることを実感して、こうして婚儀に向けて一緒に歩いているのです。アラベラさまが罪悪感を覚える必要はまったくありません」

アラベラが大きく目を見開く。グレーの瞳はとても澄み切っていたが、何を考えているのかまったく読み取れなかった。

「……ウィルフレッドさまが、あなたを愛したということ……？　そう……」

こちらの返答は求めていないらしい。強張ったままの表情で何度か頷く。

そして柔らかく微笑んだ。

「そうだったの。むしろ私は、キューピッド役を果たしたということね」

ひどく物分かりがいい言葉に、何か不穏な気配が潜んでいるように思えるのは気のせいだろうか。沈黙していると、アラベラは今度は右手で自分の頬を押さえ、悲しげに目を伏せた。

「でも、あなたへの風当たりはどうしても強くなると思うわ……。あなたの身分は、ウィルフレッドさまに相応しいものではないもの。ウィルフレッドさまがいいと仰っても、貴族社会はそれほど甘くはないわ。あなたが今からウィルフレッドさまの妻として相応しい存在になるのに、どれほどの時間と労力が掛かるのかしら……？」

アラベラの言葉は正しい。言葉に詰まると、彼女は安心させるためか、微笑みかけた。

「あなたを妻にすれば、ウィルフレッドさまはしなくても良い苦労をしたり、批判を受けたりするようになるわ。今夜のことで、あなたもわかったでしょう？　どれだけ努力しても、身分が低いというだけで一定数の者があなたを相応しくないと蔑むの……」

長い睫を伏せ、悲しげな表情でアラベラは続ける。雰囲気に呑まれて一瞬揺らぎそうになり、反射的にウィルフレッドを振り返った。

こちらを鋭い瞳でじっと見つめていたウィルフレッドが、すぐに駆け寄ってこようとする。だが何かを思ったのかぐっと留まり、微笑みかけた。

何があっても大丈夫だと言ってもらえた気がする。同時に、自分が今にも泣きそうな不安の表情をしていたことに気づかされた。

（ウィルフレッドさまが——私がいいと仰ってくれたの）

何よりも自分が、彼の傍にいたいと願った。ならばどのような苦難も問題も、乗り越えていくしかない。

シャノンは改めてアラベラに向き直り、しっかりとした声で言った。

「ご心配、どうもありがとうございます。アラベラさまのお言葉は尤もです。ですから私はずっと努力し続けます。ウィルフレッドさまのお傍にいてもよいと皆様から少しでも思っていただけるよう、頑張り続けます。身分はどうにもなりませんけれど、それ以外ならば絶対に直します！」

アラベラが軽く目を見開いて、絶句する。こちらの揺らがない様子に一瞬だけ呑まれた隙を逃さず、シャノンはドレスのスカートを摘まみ、優雅に礼をした。

「それではこれで失礼します。改めて、ご心配くださり、どうもありがとうございました」

無言のまま、アラベラが見送る。再び声を掛けられないよう走りたくなるのを必死に堪え、ウィルフレッドのもとへと戻る。

あともう一歩というところで彼が手を伸ばし、腕を摑んで引き寄せた。そのままぎゅっと強く抱き締められて慌てる。

「ウィルフレッドさま……!?」

「こんなところにもう一秒たりともいる必要はない。行こう」

それだけ言うと腰に右腕を絡めて引き寄せ、歩き出した。背中にアラベラの強い視線を感じて一瞬身を震わせると、ウィルフレッドが温もりを伝えるようにさらにぴったりと寄り添う。

「あともう一曲踊ったら、帰ろう。今夜の目的は、君が私の婚約者で未来の妻であることを社交界に知らせるだけだ。目的は果たされた」

「はい、わかりました」

ウィルフレッドが一度肩越しにアラベラを見返す。鋭く冷たい視線を受け止めた彼女がどんな顔をしたのかは、怖くて振り返れなかった。

顔見せを終えれば、次々と別のパーティーや茶会、女性同士の観劇などの誘いがやって来た。高位貴族社会では交流が何よりの強みになると教えてもらっていたものの、連日のように届く手紙や招待状に圧倒され、どれに参加すればいいのかわからなくなってくる。戸惑うシャノンを手助けしてくれるのは、ウィルフレッドと教師陣だ。まずはウィルフレッドがクレイグとともに参加するものを選別してくれた。

最終的には自分で判断できるようにならなければいけないが、まだ戸惑ってしまうため、とても心強い。しかも彼は時間の都合をできる限りつけて、同行してくれる。

とはいえ基本的に昼間に催される茶会には、騎士団長としての仕事を持つ立場では参加しづらいので、一人で参加することになる。だがウィルフレッドは優秀で気の利く使用人をつけてくれ、何かあれば心強い味方になってくれた。

一人で茶会に参加すると、攻撃的な令嬢たちに遭遇することもある。華やかな笑顔と装いと話し方を武器に、身分の低さを嘲笑い、教養のなさに呆れ、ウィルフレッドには相応しくないと罵る。

誰の目にもはっきりとわかるような暴力とは違い、肉体的な傷はほとんどつけられないものの、精神的にはかなり堪えた。付き従ってくれていた使用人が、危うく激昂してしまいそうになるほど酷いときもあった。

だがそれも、わかっていたことだ。この程度の陰湿な攻撃に負けてしまっては、彼の傍にい続けられない。だから、心を強く保ち、自分に非がない批難や侮蔑に対して屈しない努力をする。

そして少しでも認めてもらえるよう、変わらず高位貴族――グロックフォード公爵夫人としての勉学に励んだ。

そんな自分を、ウィルフレッドは優しく見守ってくれる。さすがに今はもう過保護な口出しはしなくなったが、特にへこたれそうになるときは蕩けるほど優しく甘やかしてくれた。そうやって彼の腕の中で英気を養い、再び女の戦場に向かう日々を送っている。

(何より嬉しいのは、私にできることが増えるとウィルフレッドさまがちゃんと褒めてくださるの!)

態度と言葉で示してくれるから、もっと頑張りたいと自然と思える。

すでに教師陣はこれ以上教えることはないと、実践経験を多く積むよう指導していた。まだ心許せるとまではいかないが、知人と呼べる令嬢や夫人もできた。

そんな女同士の集まりに参加したときお裾分けにもらった茶葉で、午後の茶の用意をする。料理長から教えてもらったレシピでパウンドケーキを作り、ウィルフレッドの執務室に自ら運んだ。彼は、今日はクレイグとともに屋敷で執務をしていた。

ノックをすれば、クレイグがすぐに扉を開けてくれた。そして執務机に向かっていたウィルフレッドが顔を上げ、柔らかな笑みを浮かべる。愛おしさを隠さない笑顔はとても魅力的で、見慣れているはずなのにいつもときめいてしまう。

「茶を持ってきてくれたのか。ありがとう」

「い、いいえ……お邪魔でなければ良いのですけれど……」

ウィルフレッドがすぐに立ち上がり、来客対応用のソファとテーブルに向かう。処理が終わったらしい書類を胸に抱え、クレイグが一礼して退室しようとした。

「クレイグ、お前も休憩するといい。これは初めてのケーキだな」

「はい。料理長に教えてもらって上手にできたので、お二人に是非召し上がっていただきたくて！」

いそいそと三人分の茶を淹れ、パウンドケーキを切り分ける。クレイグは居心地悪そうに少し眉根を寄せた。

「あの……ですが私が一緒では、お邪魔では……」

「邪魔？　何を言っている。良く尽くしてくれるお前を邪魔になど、私は絶対にしないぞ」

「そうですよ、クレイグさん。クレイグさんも是非食べて下さい。そして味の感想をいただきたいです！」

駄目だこれは……と小さな声で呟き、クレイグが額を押さえた。何か困らせることを言っただろうかとウィルフレッドと顔を見合わせるが、彼も同じように戸惑った顔をしていた。

仕方なさそうに微苦笑しながらも、クレイグがソファに座る。そして渡した茶と菓子を早速味わい、褒めてくれた。

ウィルフレッドもパウンドケーキを食べると、絶品だと満足げだ。

「甘いものは苦手だが、君が作ったものは食べられるな。今回の菓子も美味い」

「そう言っていただけると嬉しいです！　料理長と一緒にウィルフレッドさまのお口に合うように、甘味料の量を研究していますから」

「もうこの家の立派な女主人だな。心強い」

そんなことはないと思うが、使用人たちと仲良くなれるよう努力はしている。そう言ってもらえるととても嬉しい。

クレイグの呼び方にも慣れてきた。まだ呼び捨ては無理だったが。

「だが、こういうところはまだまだ私の注意が必要なようだ」

ウィルフレッドの手が伸びて、口端についたケーキの生地の欠片を摘まみ取り、ぱくりと口にする。食事のマナーはもう完璧だと担当教師に言ってもらえているが、この二人の前だと気が緩んでしまうのが難点だった。

「あ、ありがとうございます……すみません、気を抜きました……！」

「私たちの前ならばいくらでも気を抜いてくれて構わない。四六時中気を張っていたら疲れてしまうからな。そうだろう、クレイグ？」

「……は……そう、ですね……ですが、その……とても面映ゆい気持ちになりますので、気を抜くのはウィルフレッドさまの前でだけだと助かります……」

伏し目がちにそう言うクレイグに、再びウィルフレッドと顔を見合わせてしまった。

休憩の時間は穏やかに過ぎ、頃合いを見計らってテーブルの上を片付けようとすると、ウィルフレッドが神妙な顔で問いかけてきた。

「アラベラからの接触はあるか？」

「いいえ、何もありません」

あのパーティー以降、まったく音沙汰がなかった。あれだけ面と向かって強気な発言をしたのだ。完全に嫌われただろう。

だからといって嫌がらせをしてくるわけでもない。至って平穏な日々を過ごしている。

「そうか……ならばいいんだが、少しでも妙なことがあったら教えてくれ。女の世界は私が足を踏み入れられない場合が多い。君の周りには、君を守れる使用人たちを置いてはいるが……」

「そんな……！　どうか心配なさらないでください。私がウィルフレッドさまのお傍にいたいと願ってのことです。どのような嫌がらせも、自分ではね除けます！　それに友人と呼べるような人もできました。このお茶だって、その方たちからお裾分けしていただいたのです」

「……苦労を掛けて、すまんな……」

ウィルフレッドが頬を優しく撫でる。シャノンは大きく安心する掌の温もりを両手で捕らえ、頬をすり寄せた。

「苦労なんて、何もありません。お傍に置いていただけるだけで、私はとても幸せです。だから、頑張れます」

ウィルフレッドが愛おしげに目を細める。シャノンはすぐに笑みを浮かべて続けた。

「それに、この前のお茶会で嬉しい噂も聞いたのです。ウィルフレッドさまが、少しお優しい顔をするようになったと！」

「……そう、なのか……？」

自覚はないらしく、ウィルフレッドは戸惑いの目をクレイグに向ける。カップをトレーに集めていたクレイグが、笑顔で頷いた。

「ええ、私もその噂は聞きました。シャノンさまとご一緒のとき限定ではありますが、震え上がるほどの恐ろしさが少しだけ緩んで、話しかけやすくなったと……」

「……む。確かに言われてみればそうだな……。君と一緒にいるときは、以前に比べて話しかけられることも増えている……」

思い当たる節がいくつかあったようで、ウィルフレッドは軽く顎先を右手で押さえながら小さく頷いた。

いつか、自分たち以外に心許せる相手ができるかもしれない。そう思うと嬉しかった。

にこにこと笑っていると、ウィルフレッドが苦笑し、何がそんなに嬉しいんだと問いかけてくる。曖昧な言葉でかわし、じゃれ合うような会話をする。

ふと、ウィルフレッドが表情を引き締めた。

「心配しすぎだと君は言うが、アラベラとロイドには今後も充分に注意してくれ」

アラベラはともかく、ロイドとはほとんど顔を合わせることはない。向こうもこちらを嫌っていて、避けているのだろう。

初対面のとき、こちらの挨拶を途中で遮って、「対等に話せる相手と思われるのは、心外で不愉快だ」と言われ、ウィルフレッドと危うく決闘沙汰になるところだったのだ。

アラベラとは表面上は無難に挨拶や世間話はするが、それだけだ。心配するほどではないとは思うものの、彼女は既成事実を作るためにウィルフレッドに媚薬を仕込むほどの妙な行動力を持っている。

(それに……あんなに儚げで、風が吹けば倒れてしまいそうな方なのに……あのときは、とても怖かったわ……)

なんとも言えない威圧感を与える瞳を思い出して、思わず小さく身震いした。

気をつけるに越したことはない。彼の言う通り、注意しておこう。

第六章　忍び寄る悪意

婚儀の日取りが決まったら、祖父と自分に近しい者たちをこちらに招待しようと決めている。サマーヘイズ領へは婚儀後、長めの休暇を取ってウィルフレッドとともに来訪する約束をしていた。それらはすべて、彼が提案してくれたことだった。

今は周囲に認めてもらえるだけの教養と品位を身に付ける勉強をおろそかにはできないため、サマーヘイズ領には戻れない。だが状況報告を兼ねて、頻繁に祖父へ手紙を送っていた。

そうした方が祖父が安心するからと言ってくれたのも、ウィルフレッドだ。毎日の忙しさに追われてしまう自分のことをよく見て、さりげなく心遣いをしてくれる。

祖父からの返事を読んでいると、王城に出仕していたウィルフレッドが帰宅した。一度出仕すると何かと忙しくなってしまうらしく、帰って来るのは大抵晩餐前だというのに、今は昼過ぎだ。

ずいぶんと早い。何かあったのだろうか。

「シャノン、話がある」

ノックとともに聞こえたウィルフレッドの声に慌てて椅子から立ち上がり、招き入れる。

姿を見せた彼の表情は厳しかった。

「……何か、ありましたか……？」

「すまん。君を不安がらせるつもりはなかった」

ウィルフレッドが額に柔らかくくちづける。そしてシャノンをソファに促し、並んで座った。

「――しばらく、王都を離れることになった」

騎士団長が動くとなれば、戦いにかかわることだ。命のやり取りが含まれる危険が伴うのではないかと、彼の身が心配になる。

だが止めることはできない。それが彼の責務だ。

(ウィルフレッドさまが、傍にいなくなる……)

とても不安になる。それを呑み込み、シャノンは力強く頷いた。

「わかりました。どうかお気をつけて。私にできることはまだほとんどありませんが、ウィルフレッドさまがお帰りになるまで、クレイグさんたちと一緒にお屋敷を守ります」

「ありがとう。もうそんなふうに言ってくれるとは……とても嬉しい」

優しいくちづけとともに褒められて、心が擽ったい。

「どちらに向かわれるのですか?」

「サマーヘイズ領だ」

「え……」

なぜここで、故郷が出てくるのだろう。ウィルフレッドがわざわざ向かわなければならないほどの何かが起こっているのならば、祖父や民は無事だろうか。

様々な悪い予想が頭の中を駆け巡り、真っ青になって絶句する。何か問いかけたくとも言葉が出てこない。ウィルフレッドが安心させるように両手を握ってきた。

「まだ何も起こっていない。大丈夫だ」

「……で、でも……ウィルフレッドさまがわざわざ向かわれるということは……」

「まだ疑惑の段階だ。いいか、落ち着いて聞いてくれ」

ウィルフレッドはシャノンを胸元に抱き寄せ、落ち着いた低い声で教えてくれた。

——信じがたいことだったが、サマーヘイズ領地内に反乱分子が潜んでいるらしいとの情報が入ったとのことだ。

情報提供者はロイドだ。政にかかわる貴族たちの中でそれなりの地位にある彼の情報を、無視することはできない。

　ロイドは騎士団長であるウィルフレッドとともに調査に向かいたいと、進言した。貴族たちの反対はなかった。国王はウィルフレッドをわざわざ出すほどでもないだろうと言ったものの、ロイドが是非にと頼み込んだために、この任務が決定したという。

「ウィルフレッドさま、これは何かの罠です！　サマーヘイズの皆が反旗を翻すことなど、絶対にありません。お祖父さまが決して許しません！」

　故郷の皆を侮辱されたような気がして、唇を噛み締める。ウィルフレッドが強く頷いた。

「おそらくロイドの仕掛けてきた罠だろう。しかし疑惑を晴らさなければ、サマーヘイズ領に何をしてくるかわからない。だから私は行かなければならないんだ」

　今はそれが最善の方法だと理解できる。シャノンは渋々ながらも頷いた。

「わかり、ました……」

「調査を終えたらすぐに戻る。屋敷にはクレイグを置いていく。不在の私に代わって君を守る」

「それでは、ウィルフレッドさまがお困りになるのではありませんか。私は大丈夫です」

「できうる限りのことをしておきたい。私が傍にいないことで、君に何かしてくる者がいるかもしれない。特にアラベラには気をつけるんだ。何かあったときには一人で判断せず、必ずクレイグに相談してくれ。君は優しく勇敢だ。必要ならば自らを犠牲にすることも厭わないとわかっている。だがそのやり方だけは、絶対にしないでくれ」

真剣な表情が、自分にも迫る見えない危険を教えてくれた。

王都に来てからウィルフレッドとすぐに帰って来られない距離で離れるのは初めてだ。クレイグや使用人たちがいてくれるとはいえ、言葉に言い表せない不安がやってくる。

(でも私がここで怯えていたら、ウィルフレッドさまはますます心配されてしまうわ)

震えそうになる身体と心を自ら叱咤し、シャノンは顔を上げて笑った。

「わかりました。無事のお帰りをお待ちして……ん……んぅ……っ」

直後、ウィルフレッドがくちづけてきた。驚いて目を見開くと唇を開かせ、舌を搦め捕る熱く官能的なくちづけを与えてくる。

「……ん……んぅ、ん……っ」

毎晩のように愛されている身体は、くちづけ一つであっという間に蕩けてしまう。ウィルフレッドはシャノンの不安を取り除くかのように、深いけれども優しいくちづけを何度も繰り返した。

息が乱れ、唇が互いの唾液で濡れる。舌先をちゅ……っ、と優しく吸われ、背筋が震えた。

「こういうときくらいは、私に甘えてくれていい」

「そ、んなこと……」

「私は君よりそれなりに年上だ。時には甘えて欲しいと思う。それに、弱さをさらけ出すのを恥じることはない。私は君を愛している。それは君のまるごと、全部を、だ。だから君の弱さも、愛おしい」

その言葉は、呑み込もうとしていた不安を頬に露わにさせてしまう。困らせるとわかっていても、彼の優しさが正直な気持ちを口にさせた。

「……ウィルフレッドさまがお傍にいらっしゃらないことが……とても、怖い、です……」

クレイグたちが守ってくれるとわかっても、彼が傍にいないと不安で堪らなくなる。

何かして欲しいというわけではない。ただその姿を目にすることができれば、安心する。自分に気づいて、笑いかけてくれればそれでいい。

（……私はどれだけウィルフレッドさまを頼りにしていたのかしら……）

改めて自分の弱い部分を自覚し、恥じ入った。

「ごめんなさい、ウィルフレッドさま。もう大丈夫で……」

「駄目だ。私が大丈夫ではない」

言ってウィルフレッドが再びくちづけてきた。蕩けるように甘く優しいそれは、不安を拭い取ってくれようとしている。

「毎日、手紙を書こう。君も面倒でなければ返事をくれ。その手紙に、何でも書いてくれ。不安も心配事も、何でもだ。私がそれを読んで、君を安心させる言葉を送る。言葉しか送れないのがもどかしいが……少しは、安心できるだろうか……？」

「それではウィルフレッドさまが大変です。毎日お手紙をくださらなくても大丈夫ですから……」

「私がそうしたいんだ。本当ならば、君をずっとこの腕の中に抱いていたい。そうすれば、何があっても君を守ることができるのに……」

ぎゅっ、と強く抱き締められる。頼りがいのある広い胸に顔を埋めて、シャノンは小さく笑った。

「私も、ウィルフレッドさまの腕の中が一番安心します。ずっと、こうしていて欲しいです……」

嬉しそうに笑い、ウィルフレッドが耳元にちゅ……っ、と軽くくちづけた。彼がこれまでに何度も与えてくれた愛撫のせいで敏感になったそこは、たったそれだけでも甘い疼きを体内に作り出す。

「離れている間、君にこうして触れることも、話すことも……それどころか、笑顔を見ることさえできないのが、一番辛い……」

自分と同じ気持ちを抱いていてくれたなら、嬉しい。シャノンは思わず顔を上げ、両手でウィルフレッドの頬を包み込んでその唇にくちづけた。

自分からくちづけるなど淑女としてははしたないとわかっていても、愛おしく思う気持ちが自然とそうさせた。

ウィルフレッドが驚きに大きく目を瞠る。シャノンは真っ赤になりながらも微笑んだ。

「私も同じ気持ちです。色々と気遣ってくださってありがとうございます。ウィルフレッドさまが帰ってくるまで、頑張ります。だ、だから……お帰りになられたら、たくさん愛して、くださいませ……」

ウィルフレッド自身を一番深く、強く感じるのは、彼に求められているときだ。優しく気遣われるように抱かれるよりも、欲情を抑えきれず求める気持ちに振り回され、激しく抱かれるときの方がその実感が強い。だから、帰ってきたら何よりも彼を強く感じたい。

こちらを見つめたまま、ウィルフレッドは微動だにしない。女性としての嗜みがないと呆れられたのかもしれないと思い、慌てて目を伏せて続けた。

「……は、はしたなくて、申し訳ありません。でも、私の正直な気持ちです。ウィルフレッドさまをとても深く強く感じられるのは、愛していただいているとき、なの、で……」

「——私もそれは同じだ。その言葉を聞いたら……今すぐ君を感じたくなった……」

「……え……あ……っ？」

妙に生真面目な声で言った直後、ウィルフレッドがシャノンを自分の膝の上に乗せた。

突然の仕草に驚いている間に、背中から抱き締められる。まるで小さな子供をあやすかのような体勢が気恥ずかしい。

「あ、あの、ウィルフレッドさ、ま……っ？」

戸惑って名を呼ぶと、ウィルフレッドの唇が項に押しつけられた。思った以上に熱い唇が肌を啄み、舌先が吸った部分をねっとりと舐め回す。

「……あ……あ」

前に回った両手が動く。右手が襟ぐりの中に潜り、コルセットの中にまで入って、直接胸の膨らみを握り込んだ。

大きな手が入り込んできたせいでコルセットとドレスの上衣が不思議な拘束具となり、抵抗ができない。ウィルフレッドは骨張った硬い指先で胸の頂きを転がし、弄り回す。痺れるような快感が、小さな粒をぷっくりと膨らませた。

摘まみやすくなったそこを、ウィルフレッドが人差し指と親指で捕らえ、くにくにと擦り立てる。そうしながら左手をスカートの中に潜り込ませ、内腿をゆっくりと撫で上げてきた。

「……あ……駄目……っ」

出掛ける予定がなかったために、下着はドロワーズではなく秘部を覆うだけの薄く頼りないデザインのものだ。慌てて足を閉じて侵入を阻もうとすると、ウィルフレッドが素早く膝を割り込ませ、器用に両足を開かせて固定する。

そのせいで後ろに倒れてしまい、彼の胸にもたれかかった。まだ半勃ち状態ではあったものの熱い男根の感触を臀部に感じ、反射的に逃れようとする。

ウィルフレッドが後ろから首を伸ばし、頬や口端にくちづけてきた。止めようと振り返った直後には、強引に唇を塞がれる。

「……んぅ、んむ……ぅ……っ」

ウィルフレッドの膝がさらに足を開かせた。動きを阻もうと下肢をくねらせている間にスカートが太腿まで上がってしまい、内腿や下着に包まれた秘所が外気に触れる。

ウィルフレッドの指が、下着越しに割れ目を擦った。

「……んぅ……、んっ、ん……っ!!」

くちづけで口を塞がれ、右腕に上体を抱き締められているため、抵抗らしい抵抗ができない。

中指が中に入りたげに、薄い布地越しに浅い部分に入り込む。身じろぐと、今度は布地越しに入口を上下に擦られる。蜜がじっとりと滲み出し、下着のクロッチ部分を濡らした。

ぬるつく感触が、気持ち悪い。だが、花弁が擦られて気持ちいい。そして指に入口だけを擦られるのが、もどかしい。

もっと奥に入ってきて欲しいと、身体が疼く。

(で、でも……こ、この格好は……恥ずかし、い……っ)

不用意に入ってくる者はいないが、誰かに恥部を見せつけるかのような体勢だ。羞恥で真っ赤になって首を小さく振るが、ウィルフレッドは唇を逃さない。

「……んぅ！」

下着を避けて、指が蜜壺の中に入ってきた。浅い部分をぬちぬちとかき回してくる。

身体が震え、目尻から快楽の淡い涙が滲んだ。

「……シャノン……」

熱く飢えた声で呼びかけ、ウィルフレッドが涙を舐め取る。

「……ウィルフレッド、さま……こ、れ……恥ずかしい、です……あ、あの……ベッドで、お願い……しま、す……」

耳まで赤くなりながら、涙目で訴える。逃げようと身じろぎしているため、臀部で彼の膨らんだ股間を擦っていることに気づき、慌てて動きを止めた。

だがウィルフレッドは熱の籠もったアイスブルーの瞳でシャノンを見つめたまま、言う。

「……やはり私は、変態だ……君の今の恥じらう顔が、とても可愛くて……ゾクゾクして……」

ぺろりと唇を舐める仕草は、肉食獣のそれだ。

「もっと、恥ずかしいことをしたく、なる……」

「……え……あ、いけま、せ……っ」

胸を弄っていた手が下肢に伸び、ウィルフレッドは両手で下着を摑んで引きちぎった。

薄く柔な生地が武人の力に耐えられるわけもない。下着をむしり取り、床に落とすと、ウィルフレッドはさらに足を開かせた。

「シャノン、見てくれ。君の一番敏感なところを私が触っている」

「……え……あ、あぁ……っ」

促されて視線を落とせば、腰の辺りから伸びたウィルフレッドの両手が、秘所をねちっこく弄り回している様子がよく見える。左手の人差し指と親指がぷっくりと現れた花芽を摘まんで擦り、右手の中指と人差し指が花弁の中をぐちゅぐちゅと掻き回していた。

耳のすぐ後ろでは、興奮を隠さない荒い息づかいが感じ取れた。自分のそこを触るだけで、感じるのだろうか。

「ちゃんと見ているか？　君のここをもっと深く愛するために、準備をしている……私の愛撫に応えて、この小さな芽を硬く尖らせて……私を受け入れるために、蜜を……吐き出し、て……」

「……あ……はっ、んぅ……あ……っ」

ウィルフレッドの言葉通り、蜜壺の入口が変化していくのがわかる。出入りする指は蜜で濡れ光り、花芽が快感を覚えるたびに硬く尖っていった。

恥ずかしい。だがこれが、ウィルフレッドを受け入れるための変化なのか。

初めて目の当たりにする自身の様子に、羞恥とともに――昂る。

「この……とろとろに蕩けた中に……私のものを、入れる……」

二本の指が、激しく、まさに男根を抽送するかのように淫らな水音を立てて出入りする。

「君が……ぐずぐずに泣いてしまうほど感じるところを、私のもので……たっぷりと……」

膨らんだ股間が臀部に押しつけられた。これから自分の中に入ってくるのかと思うと、それだけで体奥が甘く疼く。

ウィルフレッドが右耳に唇を寄せ、低く囁いた。

「……君の中に……入りたい。いいか……？」

息を呑んで小さく頷くと、ウィルフレッドが身じろぎし、下肢を寛げた。臀部に擦りつけられる男根は熱く硬く、先走りを滲ませて少し湿っている。

「よく……見ているんだ」

ウィルフレッドの手が花弁に添えられ、入口を押し開く。同時に膝に力が入り、これ以上は無理だというところまで両足を開かされた。

腰を揺らして狙いを定めた亀頭が、下からゆっくりと入り込んでくる。

「……あ……あぁ……っ」

いつもとは違う角度で挿入される雄々しい感触に、シャノンは両手でウィルフレッドの腕を摑んで身を強張らせた。ウィルフレッドは項に顔を埋め、息を詰める。

「は、ぁ……きつ、い……だが、素晴らしく……気持ちがいい……っ」

赤く熟れた花弁がめいっぱい広げられ、太く逞しい肉竿を呑み込んでいる。それがウィ

ルフレッドのものだと思うと身体の奥が疼き、まるで自ら引き入れるかのように蜜壺がうねった。

「……は……ぁ……！」

ずぷんっ、と根元まで押し入られる。初めての角度で挿入され、シャノンは自らを抱き締め小さく震えた。

「……大丈夫、か……？」

熱い声で問いかけられ、小さく頷く。

いつもと当たる場所が違うからか、快感に慣れるのに少し時間が掛かりそうだ。だが我慢して欲しくない。

「……平気、です……だから……」

「ああ、わかった。動く、ぞ……っ」

「ん……ああっ!!」

強靱な動きで、揺さぶり上げられる。奥を抉るかのごとく刺激され、シャノンは新たな快感に首を打ち振った。

「……あ、ああっ、駄目……これ、駄目……っ」

ウィルフレッドはシャノンの膝裏を摑み、さらに足を開かせながら腰を打ちつけた。ふと彼の指が繫がった場所に伸ばされ、花芽を摘まんでぐりりと押し潰す。

「……ひ、ぃ……んっ!!」

衝撃的な快感が全身を駆け抜け、大きく目を見開いて達する。不意打ちの蜜壺の締めつけに、ウィルフレッドが低く呻いた。

「……く、ぅ……きつ……っ」

「……あ……あぁ……!!」

快感の余韻を散らせずに震えたままのシャノンを、ウィルフレッドが抱き上げた。軽々と向きを変えられ、今度は向かい合って彼の男根を呑み込まされる。

「……あー……っ！」

すぐさま揺さぶられ、逞しい肩を摑んで縋りつくことしかできない。

ウィルフレッドは頰や項、鎖骨にくちづけながら背中のホックを外し、コルセットの紐を引きちぎって脱がせた。むしり取ったコルセットは床に放り捨てる。

腰の辺りにドレスの生地が溜まった状態でずんずんと突き上げられれば、汗ばんだ乳房が官能的に揺れた。ウィルフレッドは吸い寄せられるようにそこに吸いつき、舌で舐め回す。

ちろちろと舌先で乳首を嬲られるさまが、この体位だといつも以上にはっきりと見えた。恥ずかしくなって顔を背けようとすると、ウィルフレッドがふと視線を上げる。

（見られて……いる……）

感じて乱れている表情を、じっくりと見つめられている。それが快感に繋がり、シャノンはゾクゾクと背筋を震わせた。

「……い、や……駄目……見な、いで……」

肩から手を離し、顔を隠そうとする。それに気づいたウィルフレッドが、両手首を後ろ手に戒めてきた。

「駄目だ。見せてくれ。私に感じて蕩けている君の顔を見ていると……非常に、興奮する……っ」

「……ああっ!!」

戒めの体勢は、彼に貫かれ、最奥を抉られてどうしようもなく乱れる様子を余すところなく見られることになってしまう。突き上げの激しさに乳房が上下に揺れ動き、ウィルフレッドが膨らみにむしゃぶりついてきた。

せめて淫らな声を堪えようと思っても、力強く深く一突きされれば嚙み締めた唇が解け、嬌声が零れた。恥ずかしくて堪らないのに、乱れた様子を彼は実に熱っぽく——ひどく興奮した表情で見つめてくるのだ。

「……あ、あぁ……ウィルフレッドさま、もう……これ、駄目……」

ずぐずぐに突き上げられて、拒む声が舌足らずになる。

向かい合った体位での情事は身長差があまり感じられず、ウィルフレッドの顔がよく見えて恥ずかしい。どんな些細な変化も見逃さないために熱を孕んだ瞳で食い入るように見つめられ、羞恥で肌を薄桃色に染め——瞳を潤ませる。

それらがすべて興奮に繋がるのか、さらに激しく揺さぶり上げられた。最奥を押し破られんばかりに貫かれ、喉を反らして達する。

「……あ、あぁ、ああー……っ!!」

達して戦慄く身体の奥に、熱い精が注ぎ込まれる。最奥を打つ感触にも、ビクビクと震えてしまった。

「……あ……はぁ……は……っ」

乱れた呼吸で胸を上下させながら、ウィルフレッドの胸に倒れ込む。

火照った身体を受け止め、シャノンの首筋に汗ばんだ頬を埋め、彼も乱れた息を整えていた。

後ろ手の拘束が外れた。ウィルフレッドが大きく息を吐き、詫びのくちづけをくれる。

「……すまん。暴走、した……」

ひどく申し訳なさそうな顔が、少し可愛らしく見えた。力なく笑って首を横に振り、ウィルフレッドの頬に軽くくちづける。

「嬉しかったです。私のことをすごく求めてくださっているのがわかって……た、ただ、この格好は……は、恥ずかしい、ですね……」

頬を染めて、少し俯きながら言う。

まだ広げた足の間に肉竿を呑み込んだままだということに気づかされ、耳や肌も羞恥で赤くなった。慌ててどこうとした直後に中の男根が再び硬さを増し、驚きに目を瞠る。

「……今の君の顔が可愛すぎて、また抱きたくなった……」

「え、あの……きゃ……っ」

肉竿が引き抜かれる感触に身震いした直後にはもう、ウィルフレッドの片腕に抱き上げられている。

向かうのは、寝室だ。その合間に空いている方の手で、まとわりついている布地を器用に脱がされてしまった。

くちづけとともにベッドに下ろされる。ウィルフレッドがもどかしげに服を脱ぎ、素肌を重ねてきた。恥丘に押しつけられた男根は雄々しく反り返って熱い。

「……あ、あの、明日の準備などは……」

「クレイグがやってくれる。明日には君と離れなければならないんだ。私の全身に、君の匂いを付けて欲しい」

大きな掌が胸の谷間に押しつけられ、そのまま下腹部に向かってつ……っ、と下る。先ほど精を受け止めた辺りで止まると、優しく丸く撫でられた。

「……君の全身にも、私の匂いを移しておかなければ……」

たったそれだけで肌がざわつき、秘所が新たな蜜を滴らせる。今度は性急に入ってくることはせず、たっぷりと舌と指で様々な愛撫を全身に施してから、貫いてきた。

何度か絶頂に達して蕩けきった花弁は、苦も無く太く逞しい肉竿を受け入れる。それどころかもっと奥まで来て欲しいとでも言うように、蠕動して導き入れるほどだ。ウィルフレッドが感じ入った息を吐き、嬉しそうに笑った。

「……君が、私を受け入れてくれていることが、よくわかる……」

最奥まで入りきったあとすぐには動かず、中の感触を楽しむためか、腰をぴったりと押しつけられた。同時に受け入れている辺りを掌で愛おしげに撫でてくる。

「毎晩のように君を感じているのに……しばらくそれができないことが、辛い、な……」

切なげに呟かれ、胸が甘く疼いた。

「私も……辛い、です……あ……っ」

ぐっ、と最奥を刺激され、少し仰け反る。ウィルフレッドがシャノンの片足を肩に担ぎ、のしかかってきた。

子宮口が亀頭に押し開かれるかと思える圧迫感と深い快感に、甘く喘いでしまう。そのままで腰を優しく揺すられ、円を描くように動かされると、引き締まった下腹部に花弁や花芽が刺激され、激しくされていないのに気が遠くなりそうな快感がやってきた。

「……あ、あ……深、い……」

「……一週間だ」

ウィルフレッドも感じ入ったように眉根を寄せ、奥を刺激しつつ呟く。一瞬何を言われているのかわからず、戸惑いの目を向けた。

ウィルフレッドが甘くちづけて、言う。

「一週間だ。それ以上、君に触れられないと死ぬ。それまでには戻る」

嬉しい、と呟きそうになり、慌てて返した。

「でも……でも、ご無理はなさらな……あ、あぁ……っ、駄目、そこ……いやぁ……っ」

ひときわ感じる部分を亀頭でぐりぐりと抉られ、泣き濡れた喘ぎを上げる。ウィルフレッドが耳元に唇を寄せ、舌で耳殻をねっとりと舐め味わってから問いかけた。

「君は……私と一週間以上離れても、大丈夫なの、か……？」

感じる部分を緩やかに攻め立てられ、さらに彼の愛撫によって開発された耳を舐められての問いかけに、勝つ術はない。シャノンは淡い涙を滲ませた瞳で、恨めしげに見つめ返した。

「……意地悪、です……っ。ウィルフレッドさまと、一日だって……は、離れたくは……ありませ……」

「君のその言葉が聞きたかった」

目元から零れた涙を唇で吸い、ウィルフレッドが改めて腰を動かす。甘い深い抽送に酔わされ、緩やかな絶頂へと追い上げられる。

ウィルフレッドも感じ入った色気のある表情で、一緒に達した。

「……っ!!」

熱い迸りを体奥に感じたあとは、深く抱き締められながら呼吸が整うまで柔らかいくちづけを繰り返された。

さすがに一旦は満足してくれるだろうという予測は大きく外れ、ウィルフレッドにまた求められてしまう。

本当に出発の準備をしなくてもいいのかと心配になるものの、終わる様子がまったくない。それどころか少しでもそんなことを言えばくちづけで声を封じられ、甘く激しく攻め立てられるのだ。

結局、クレイグがひどく申し訳なさげに呼びにくるまで散々啼かされ、さらに出発の準備を整え終えたあとは明け方近くまで愛されてしまい、危うくベッドの中で見送ることになりそうだった。

反してウィルフレッドの方はどこかまだ物足りなげな表情で——それに気づけたのはクレイグと自分だけだったのだが——名残惜しげに出発していく。その姿を見えなくなるまで見送ったあと、シャノンは皆に申し訳ないと思いつつもしばらく休息を求めたのだった。

——ウィルフレッドがサマーヘイズ領に向かってから、三日が経った。

毎日手紙を書くと約束してくれた通り、彼からの手紙が朝一番に届く。一応万が一を考えてか調査にかかわることは一切記されていないが、代わりに『こちらは問題ない』と伝えていた。詳細はなくとも、その言葉があれば安心できた。

便箋一枚程度の分量でいいのに、ウィルフレッドはこちらを気遣い、案じてくれる。さらに故郷の状況もできうる限り細かく、祖父との会話なども教えてくれる。こちらが不安や心配を抱かないよう、配慮してくれていることが伝わってきて、嬉しかった。

だからシャノンも、毎日返事を書く。午前中は彼への返事をしたため、それを早馬便に乗せてもらうよう手配するのが、ここ数日の日課となっていた。姿はなくとも、こうしてやり取りする手紙が、彼の存在がとても近くにあることを教えてくれる。

眠るときは枕元にウィルフレッドからの手紙を置くようになり、使用人たちに微笑ましげな顔をされてしまった。子供っぽかったかもしれないとクレイグに相談すれば、彼は笑顔で言う。

「むしろ、このくらいでちょうど良いのです。ウィルフレッドさまはあのように、周囲に決して本音を見せない御方……ここだけの話ですが、使用人たちの中にはウィルフレッドさまが何を考えていらっしゃるのかわからないと、未だ恐れおののく者もいます。ですがシャノンさまの前では、ただの恋する男です。ウィルフレッドさまは軍神でも精巧な彫刻でもなく、血の通う、自分たちと同じ人間であることを実感するのです」

それほどとは思わず、絶句してしまう。

「ですからシャノンさまには、たっぷりのろけていただきたいのです。ウィルフレッドさまが人であることを、もっと使用人たちに知らしめてください。そうすれば使用人たちが働きやすくなり、さらに仕事効率が上がります。良いことです」

そう言ってもらえると安心した。

そんなやり取りをしている間、アラベラからもロイドからも接触はなく、特に警戒するような事態は起こらなかった。

もしかしたら、アラベラ一人では何もできないのかもしれないなどとも思い始める。あのときの媚薬も、ロイドから渡されたものだと言っていた。

だがあのパーティーの夜の彼女は、なんだかとても怖い印象があった。それが、完全には警戒心を失わせない。

(気をつけておくに越したことはないわ。ウィルフレッドさまにも心配掛けないようにしないと……)

このまま何事もなければいいと思った翌日の朝、ウィルフレッドの手紙とともにアラベラから手紙が届いた。クレイグのもとに行き、内容を一緒に確認する。

花模様がすかし印刷された品のある便箋には、見とれてしまうほど美しい筆跡で、見舞いの誘いがしたためられていた。

王族の一人である令嬢が、病に倒れたらしい。その見舞いに一緒に行かないかという内容だった。

クレイグに確認すれば、グロックフォード家とは親戚にあたる令嬢だという。見舞いの手紙ではなく、直接伺うのが良い相手だ。

ウィルフレッドが不在の今、代行として婚約者のシャノンが行くべきだからと、手紙の中でアラベラは言っている。彼女はロイドの代わりに行くとのことだ。ここで自分が行かなければ、ウィルフレッドへの心証が悪くなるだろう。

手紙にはさらに、一度メイウェザー家に寄って欲しいと記されていた。シャノンと件の令嬢は初対面となるため、アラベラが同行して彼女に紹介してくれるというのだ。

しばし考え込んだあと、シャノンはそっと言った。

「……私、行った方がいいと思うの……」

クレイグが神妙な顔で黙り込む。

「行かなければ、ウィルフレッドさまの心証が悪くなってしまうわ」

「確かに……ですが、アラベラさまと一緒とは……」

「ウィルフレッドさまに相談している時間はないわ……。パーティーのように長時間の滞在にはならないから……大丈夫だと思うのだけれど……」

クレイグは眉根を寄せ、やがて仕方なさげに頷いた。

「わかりました。では、シャノンさまに護衛をつけます」

大げさすぎるとは思うものの、彼の気遣いを無視はできない。強く頷き、すぐさま支度を調える。

地味になりすぎない落ち着いたデザインのドレスに着替え、髪を整えてもらい、薄化粧をして馬車でメイウェザー伯爵家へと向かう。

御者はクレイグが担った。

クレイグが選んだ女使用人は二人——どちらも彼と同じように柔和な笑みが親しげな印象を受けるが、隙はまったく見られない。護衛として非常に心強かった。

何があっても立ち向かう心づもりを、馬車の中で整える。


メイウェザー家に辿り着くと、なぜか十人近い使用人たちに出迎えられた。

いくら何でも多すぎるのではないかと戸惑うシャノンを彼女たちは一気に取り囲み、アラベラのところへ連れて行こうとする。そのせいで、こちらの使用人たちとはあっという間に離れてしまった。

慌てた彼女たちが追いつこうと足を速めると、新たにやって来た使用人たちに取り囲まれてしまう。人海戦術のやり方に不信感が募った。

「これはどういうことなの。アラベラさまは私にいったい何をするつもりなの⁉　合流してお見舞いに行くのではないの⁉」

「そんなふうに警戒なさらないでくださいませ。あちらの使用人たちは、別室にておもてなしさせていただきます。出掛ける前にアラベラさまは秘密のお話をしたいそうで、シャノンさまと二人きりになりたいと申しております」

秘密の話とはいったい何なのか。嫌な予感がじわりと胸に広がるものの、無下にもできない。

シャノンは警戒しつつも、彼女たちとともにアラベラのもとへと向かう。

てっきり屋敷内の客間にでも案内されるのかと思ったが、向かったのは屋敷を出て庭を突っ切り、奥まった場所にこぢんまりと建っている小さな家だった。

童話や絵本の中に出てくるような小さな、けれども外観は可愛らしく調えられた家だ。薔薇の生け垣に囲まれ、門扉もある。

門扉を開けるとこちらの気配に気づいたのか家の扉が開き、笑顔のアラベラが姿を見せた。

「いらっしゃい、シャノン。どうかしら？　とても可愛いおうちでしょう？」

取り囲んでいた使用人たちが二人進み出て、シャノンを室内に誘う。

室内は大人が五人も入れば狭苦しさを覚えるほどの、こぢんまりとしたものだ。中の家具は丸テーブルと椅子だけだったが、テーブルの上には茶器と菓子の皿がところ狭しと置かれていた。

皿の上にはチョコレート、クッキー、ケーキ、マカロンなど、彩りも鮮やかで美味しそうな様々な菓子があった。大量すぎて甘い匂いに胸やけしそうになる。

中に入ってきた使用人とともに、アラベラは茶を淹れてくれる。警戒しながらも椅子に座り、カップを受け取った。

温かい茶から立ち上る湯気も、妙に甘ったるい香りがするものだった。不思議な香りだと中身を見つめていると、アラベラが微苦笑する。

「お気に召さないものだったかしら……。外国から取り寄せたとても珍しいお茶なの。甘い香りが強くするから、私はお気に入りなのだけれど」

「そうなのですか。嗅いだことのない香りだったので、戸惑ってしまって……」

菓子の甘い匂いも重なって、なんだか頭がクラクラしてくる。これを飲んで少し頭をすっきりさせた方がいい。

「蜂蜜とお砂糖を一つずつ入れると、もっと美味しくなるのよ」

「いえ、このままで結構です」

これ以上の甘さは気分が悪くなりそうだ。

香りは強いが、ほぼ無味だった。香りを楽しむ茶なのかもしれない。ただ飲んだあと、少し苦みがあった。

好みではないが、もてなされる側がそれを正直に口にするのはマナー違反だ。お決まりの社交辞令を口にして、カップを置く。

さりげなく周囲を見回せば、大きめに設計されている窓から薔薇の生け垣越しに、メイウェザー家の使用人たちが家を取り囲むように控えている様子がわかった。まるでここから逃がさないとでも言わんばかりだ。

出口は扉とこの窓だけで、窓は開いていない。上手く誘導して窓を開けさせよう。

今ここにいる使用人すべてが体術を取得していたら無理かもしれないが、万が一のための逃走経路を確認することは一番優先すべきだと、ウィルフレッドから教えられている。

シャノンに勧めた通りに砂糖と蜂蜜を入れて、アラベラは茶を味わう。同時に手近なクッキーに手を伸ばして口にした。

「美味しいから是非食べてみて」

「ありがとうございます。それよりも秘密のお話というのが気になります。お見舞いにも行かねばなりませんし、それほどゆっくりとしていては……」

「まあ……性急なのね。けれどすぐに本題に入ろうとするのは、洗練されたマナーではないわ。高位貴族は優雅さを重んじるもの。それに、時間にゆとりを持たせることも富んだ者の特性であると考えるものだから……」

（……ただの、授業……？）

その教えは確かにマナーの教師が言っていた。

焦りを呑み込んでひとまず頷き、アラベラが提供する世間話に付き合う。その間も特に何か仕掛けられる様子はなく、時折茶が注ぎ足されるくらいだ。

まったく口をつけないというのも失礼になるため、アラベラも食べたクッキーを一つ、口にする。ずいぶんと砂糖を使用しているようで、とても甘い。顔を顰めないようにするのが精一杯だった。

（このクッキー……ウィルフレッドさまが口にしたら、絶対に不味いと仰りそうね……）

砂糖の取り過ぎは健康に悪いのに何を考えている、と作った者を呼び出して厳しく説教しそうだ。

想像すると少し心が穏やかになり、小さく笑う。……同時に、会えない寂しさも実感してしまうのだが。

クッキーの甘さを解消するために、茶を飲む。最後にほんのりと残る苦さが、胸やけしそうになるのを抑えてくれた。

「さて……レッスンはここまででいいかしら」

カップをソーサーに戻してアラベラが言う。本題に入るのだとわかり、居住まいを正した。

「秘密というほどのことではないの。これはあなたに対する助言ね。どう考えてもあなたとウィルフレッドさまの結婚は、お互いにとって良いものだとは思えないの……。やはり身分に見合った相手を選ぶことが重要ではないかしら……」

なるほど、そういうことか。身を引けと忠告する気持ちが彼女から失われることは、ないらしい。

「ご忠告、ありがとうございます。確かに、身分に見合った相手を選ぶことは大切なことの一つだと思います。でもそれがすべてではないと、私は思うのです。身分が見合っていたら、たとえ嫌いな相手でも、アラベラさまは夫とされるのですか？」

「……家のために必要ならば、そうするわ。だから私はウィルフレッドさまと親密になりたいの。お兄さまも、メイウェザー家の地位を今まで以上に確固たるものにするためにも、ウィルフレッドさまと婚姻関係を結ぶべきだと仰っていたし……」

それは建前だろう。

目を伏せて言い訳がましく言うアラベラの表情は、恋する乙女のものと大して変わらない。ウィルフレッドのことが好きだと教えてくれる。

（それがわかるのはきっと……私もウィルフレッドさまのことが大好きだからだわ……）

「……私はウィルフレッドさまのことが好きです。大好きです。ウィルフレッドさまが私がいいと仰ってくださったので、何があってもついていきたいと思っています。ウィルフレッドさまがもう私と一緒にはいられないと仰る日までは、絶対にお傍にいます」

「何があっても？　どのような苦難があっても？　この国の……いいえ、この世界の誰もがあなたを相応しくないと弾劾しても？」

「はい。何があってもウィルフレッドさまについていきます」

そんなことになったら、心が折れるかもしれない。だがそれでも、彼の傍にいようとする努力を止めることはしない。絶対にしたくない。何よりもウィルフレッドが自分を選んでくれたのだ。

彼にとって恥ずべき存在にはなりたくない。だから迷うことなくそう応える。

「……そう……やはりあなたは、とても邪魔な存在だわ……」

手元に視線を落としたままで、アラベラが呟く。じわじわと足元に忍び寄ってくるような敵意を感じ、反射的に立ち上がった。

このままここにいても、自分には不利になるだけだ。使用人たちに取り押さえられてしまうかもしれないが、まずは彼女から離れなければ。

荒っぽい仕草だとわかっていても、非常事態だ。椅子を蹴り飛ばす勢いで扉に走ろうとする。

その視界が、不自然に歪んだ。

突然足から力が抜け、転ぶ。膝を床に打ちつけ、痛みに顔を顰めた。激しい目眩が全身を駆け巡り、平衡感覚が失われる。

(な、に……?)

立ち上がることができない。アラベラがゆっくりとシャノンの前に立った。高価なレースの裾が視界に入り込み、何とか顔を上げる。

「お願い、シャノン。ウィルフレッドさまをどうか諦めて。そうしないと……」

(そうしないと……?)

その先は聞こえない。問いかけようとした唇は動かず、視界が一気に黒く塗り潰された。

上げられた報告書を読み、ウィルフレッドは眉根を寄せた。

やはりサマーへイズ領に反乱分子が潜んでいる証拠は一つもなかった。それは同時に、サマーへイズ伯爵がそれらに手を貸している証拠もないということだ。

イーデンは今日もロイドに呼び出され、直々に聞き取りをされている。だがロイド自身も、彼から有効な証言を得ることはできていない。

ロイドは苛立たしげではあるものの、追い詰められた様子はなかった。自分で持ってきた情報だというのに、裏が取れなくても構わないのだろうか？

屋敷内は緊張した空気に包まれている。前回、この屋敷で世話になった際の朗らかさと温かさはまったく感じられなかった。

無理もない。突然何の知らせもなく騎士団長と王都の高位貴族であるロイドがやって来て、反乱分子を匿っていないかと詰め寄られれば誰でもそうなる。陰謀などという言葉すら、この地には無縁だっただろうに。

（だとすると、私をシャノンと引き離すことが目的か……またアラベラを寄越して、私と既成事実を作らせるつもりなのか？）

だがアラベラがこちらに来る様子はなかった。

実質的に何か危害を加えられるほど、アラベラは肝が据わっていない。ロイドならばやりかねないが、彼女にそれほどの度胸はなかった。これまで自分に接触してくるときですら、兄が言ったからと必ず言い訳するくらいだ。そういうところも嫌悪する要因となっていた。

シャノンの傍にはクレイグを置いてある。同時に、腕に覚えのある女使用人たちも用意した。シャノンにも怪しいと思ったら絶対にアラベラについていかないよう、言い含めてある。……それでも、彼女が断り切れない理由を突きつけてくることもあるだろう。

（この辺りが潮時だ。ロイドにはもうここでの調査は不要だと言って、王都に戻る）

それに今日はまだ、彼女からの手紙が届いていない。単に早馬便に渡す時間が遅かったというだけならば良いが、やはり心配にはなる。

調査が終わるまで、サマーヘイズ伯爵邸内の客間を借りていた。ロイドに会うために部屋を出ようとしたとき、イーデンがやって来た。

少々憔悴した顔をしている。ロイドの粘着質な質問がそうさせているのだろう。ウィルフレッドはすぐさま老体を片腕で支え、室内のソファに座らせてやった。

「大丈夫か」

イーデンは小さく笑って頷いた。ウィルフレッドは使用人に飲み物を持ってこさせる。レモン水を大急ぎで持ってきた使用人に礼を言って手渡すと、イーデンは一気にそれを飲み干し、深く息を吐いた。

「……色々と面倒を掛けてすまんな」

「ウィルフレッドさまが謝られることは一つもありません。私も、私の民も、もちろん孫娘も、潔白です。メイウェザー伯爵がどれほど私を叩いたとしても、埃は出てきません。そういうことです」

田舎に住まう者特有のおっとりさと大らかさばかり目立っていたが、精神面は実は自分以上に強靱なのではないだろうか。さすがシャノンの祖父だと素直に尊敬する。

「むしろご迷惑を掛けているのはこちらです。孫娘を是非にと求めてくださったというのに、私たちの身分や教養のなさがウィルフレッドさまに不利な状況を……」

「言うな。お前もシャノンもまったく悪くない。むしろシャノンに苦労を掛けてしまっている。私ができる限り悪く言われないようにと、彼女は努力し続けてくれているんだ。健気で頑張り屋で勇敢な……私にはもったいない娘だ……」

——急に、無性にシャノンを抱き締めたくなった。

だが手を伸ばせば届く距離に、彼女はいない。それが堪らなく切なく、寂しかった。

(誰かをこんなふうに想うようになるとはな……)

イーデンが柔らかく微笑んだ。

「孫娘を大切にしてくださっていること、あれからの手紙でも伝わってきます。ありがとうございます、ウィルフレッドさま」

「……む。そう言ってもらえるといいのだが……」

「ですが、このままでは膠着状態です。ウィルフレッドさまを私どものところに足止めして、何をするつもりなのか……」

イーデンが思案げに顎先に右手を当てる。ウィルフレッドは忌々しげに応えた。

「おそらくはシャノンに何かするつもりなのだろう。クレイグたちをつけているから滅多なことは起きないとは思うが……私としても、これ以上ここにいても何の進展もないとしか言えない。すぐにロイドに言って、シャノンのところに戻る」

言いながら何気なく窓の外を見やると、ロイドが外に出て行くのが見えた。この部屋からは、屋敷の玄関と庭周辺が見えるのだ。

ウィルフレッドの視線には気づいていないようで、ロイドは庭の人目につかない場所へと向かっている。彼が向かう先には、平民の格好をした若者がいた。

二人は何かを話している。さすがに部屋の中からでは声を聞くことはできない。イーデンが訝しげに眉根を寄せてウィルフレッドの斜め後ろに近づき、様子を見る。

若者との距離が、秘密ごとを話すかのように近い。ロイドが軽く頷いたあと、若者が頭を下げて立ち去っていった。……そのほんの一瞬、帽子の前つばに隠されていた顔が見えた。

（……ロイドの部下の一人に、あんな顔の男がいたような……）

会った者すべての顔を記憶しているわけではない。だが記憶になんとなくでも引っかかったということは、何かあるのだろう。

自分の直感を信じるならば、ロイドが何か仕掛けたということだ。

「……イーデン、頼まれてくれるか。私はこれからすぐにシャノンのところに戻る。ロイドを足止めしてくれ。数刻でもいい」

驚きに軽く目を瞠ったものの、イーデンは余計なことは一切口にせず、強く頷いた。

「食事は一日一食で構わないわ。とにかくお兄さまが戻るまで、ここから絶対に出さないで」

遠くから声が聞こえ、目覚めを促してくる。頭の奥に鈍い痛みがあり、シャノンは小さく首を横に振りながら瞼を開けた。

「……私……」

はっ、と小さく息を呑んで、アラベラがこちらを見た。傍には二人の使用人が、守るように立っている。

身を起こす。頭が重い。気分が悪く、吐き気がする。どこかの部屋のようで、ベッドに寝かされていた。

窓が一つとテーブルと椅子が一つずつ。それ以外のものが一切ない。

窓の外は真っ暗だ。夜もかなり更けている。

「……目、目が覚めた……?」

「……アラベラ、さま……」

見慣れない部屋でアラベラに少し心配そうに顔を覗き込まれる状況が理解できず、ぼんやりとした声で呼びかける。直後、強烈な嘔吐感が一気にやって来て、思わず両手で口元を押さえた。

吐きたいけれどもできない苦しさが、涙を滲ませる。その瞳でアラベラを見ると、彼女は狼狽えた。

「別に毒を飲ませたわけではないの。少し眠くなるだけの薬よ。しばらく休めば……た、体調も良くなるはずなの……」

その言葉で、理解した。先ほど出されたものに、薬が盛られていたのだ。

(だとすると、あのお茶かしら……妙に甘ったるい香りなのに、最後に少し苦みがあって……)

甘い香りの菓子ばかりだったのも、薬の味を誤魔化すためだったのかもしれない。警戒が足りなかったのか。

正直なことを言えば、再びベッドに横になって休みたい。だが眠らされている間、自分は行方知れずになっているはずだ。

いや、それよりも同行していた使用人たちはどうなったのだろうか。彼女たちもまた、自分と同じように何かされたのか。

シャノンはアラベラを睨みつける。

「私の使用人たちにも、同じようなことをしたのですか……!?」

「……きゃ……っ」

身体が動くのならば摑みかかっていたかもしれない。気迫が伝わったのか、アラベラが小さく悲鳴を上げて一歩退き、使用人たちの背中に隠れた。

アラベラの代わりに使用人たちが答える。

「ご安心ください。丁重に地下室でおもてなししています」

(それはもてなしではないわ!)

そう怒鳴りつけたくなるものの、身体がまだ思うように動かない。だがアラベラを睨む眼力だけは弱めなかった。

「何をしたのか、わかっているのですか……。これは、犯罪、ですよ……っ」

「お、お兄さまの命令だもの。私がしたくてしているわけではないわ……」

目を伏せ声を震わせながら、アラベラは言う。そして瞳を潤ませて続けた。

「あなたが私の言うことを聞いてくれれば、すべて丸く収まるわ。サマーヘイズ領に戻って。そしてあなたはあなたに見合った人と結婚して」

「嫌、です……と、言ったはず、です……」

「でもあなたのせいで罪もない使用人たちが暗い地下牢に閉じ込められて、食事も一日一食にさせられてしまうのよ。地下牢はじめじめして暗くて、む、虫だって出るのよ……可哀想とは思わないの……?」

「酷いことをするつもりならば、私にだけしてください……。他の人は、巻き込まないで……!」

「あなたがウィルフレッドさまを諦めてくれれば、それでいいのに……」

アラベラが、今にも泣き出しそうな悲しげな顔で俯く。使用人たちがその肩を抱き、部屋の外へと促した。

「今夜はひとまずこれでおしまいにしましょう。根気よく説得すれば、シャノンさまも必ずアラベラさまのお気持ちを理解してくださいますよ」

「……ええ、そうね。そうね……またお話ししましょうね、シャノン」

肩越しにそう言ったアラベラの瞳は、期待に少しだけ明るくなっている。こちらが必ず条件を呑んでくれると、信じているのだ。

(とんでもないわ……！)

扉が閉じる。そして鍵が掛かる音が続いた。

まだ上手く動かない身体で何とか扉に向かい、ノブを回す。外鍵しかないらしく、ノブが回っても扉は開かなかった。押しても引いても動かない。

ならば窓はと思えば、鍵が壊されていて開けることもできなかった。ここは、自分を閉じ込めるための部屋なのだ。

(なんてこと……！　私が戻らなければ皆が心配するわ……！)

もしかしたらメイウェザー家に乗り込んでくるかもしれない。いや、そもそもここは、メイウェザー家なのだろうか？

窓の外から様子を確認してみるが、夜闇に阻まれてよくわからなかった。ランプは用意されていたが、室内を照らす程度の光量しかない。

焦る気持ちを落ち着かせるため、シャノンは深呼吸する。

(慌てては駄目よ。状況をよく確認して、どうにかして逃げ出せないか考えて……それから、使用人たちを助けて……ああどうか、彼女たちは何もされていませんように……!!)

シャノンは両手を祈りの形に組み合わせる。きつく握り締めた指がかすかに震えていることに気づいたのは、そのときだった。

(──怖い)

ウィルフレッドから、万が一の話は聞かされていた。どのような対応をすればいいのかも、あらゆる状況を想定して教えられている。だが知識と経験では雲泥の差だ。

本当に自分は、ここから逃げ出すことができるのだろうか。

「……ウィルフレッドさま……」

無意識に、ここにはいない彼の名を呼んでしまう。直後には目元から大粒の涙が零れ出し、慌てて手の甲で拭った。

泣いてもどうにもならない。とにかく逃げる機会を見つけなければ。そして今は身体を休めて、薬の効果を消失させなければ。

とても眠れなかったが、身体をベッドに横たえる。

またお話ししましょうねとアラベラは言った。ならば明日、必ず彼女は自分のところにやって来るはずだ。

その機会を逃してはならないと、シャノンは両手をさらに強く握り締めた。


ウィルフレッドがグロックフォード邸に到着したのは、翌日のいつもの朝食時だった。

馬を一度も休ませず、途中、騎士団の屯所に寄って馬を乗り換えつつの強行旅だ。だが日頃から鍛えているウィルフレッドには、倒れてしまうほどの疲労にはならない。何よりもシャノンの無事を確認したいという気持ちが、心と身体を支えてくれていた。

屋敷はいつもと違い、ひどくざわついていた。この時間ならばシャノンももう目覚めて食堂にいるはずだというのに、この落ち着きのなさはどういうことだ。

「クレイグ！　クレイグはいるか!?」

凛と張った声は、まるで屋敷中に響き渡るかのようだった。中のざわめきが一瞬消え、それから大急ぎでこちらに向かってくる足音が聞こえる。

息を切らし、初めて見る青ざめた表情でクレイグが姿を見せた。

「ウィルフレッドさま……!!　も、申し訳ございません……!!」

目の前に辿り着くなりクレイグは膝をつき、床に額を押し当てそうなほど深く頭を垂れる。時には自分よりも冷静に状況を判断する部下がこれほどに動揺していることが、教えてくれた。

(シャノンに、何かあったのだ)

ザッ、と全身から血の気が引き、胃の腑が冷たくなる。国王に危機が迫っているとわかったときですら、これほどの喪失感はなかった。

ウィルフレッドはクレイグよりも青ざめ、感情のまったく読み取れない強張った表情で言った。

「シャノンに……何かあったのだな……?」

「お叱りはあとでいかようにも、私の命でお詫びいたします!! ですがその前に、状況をお話ししたく……!!」

シャノンを危機的状況に陥らせることになった罰として死ねと言えば、クレイグは迷うことなく命を絶つ。だがその前に、主がシャノンのもとに辿り着けるように、今できることをすべて行おうとしている。

落ち着け、とウィルフレッドは自身に言い聞かせた。

ここで怒りや喪失感に呑まれても、状況が良くなるわけではない。それどころか正しい判断が下せず、かえって彼女を危険にさらしてしまうかもしれない。

(……落ち着け……)

ふー……っ、と大きく息を吐きながら目を閉じる。そして目を開け、言った。

「優秀なお前にいなくなられては、私が色々と困る。状況を説明してくれ。どうしてシャノンがいないんだ」

クレイグが頭を上げて立ち上がり、手早くわかりやすく現状を話した。

親戚筋の王族の令嬢が病に倒れ、アラベラと一緒に見舞いに行くことになったらしい。だがシャノンはアラベラと少し話をしたあと、急用を思い出したからと帰ったという。件の令嬢が病に伏したことは、確認すると間違いなかった。

無論、そんな適当な言い訳を信じるわけもなく、クレイグは批難されることを充分に承知の上で、メイウェザー邸に押し入り、引き連れていた数人の部下たちに捜させた。

ロイドがいれば間違いなく斬り捨てられていたが、運良く不在だ。あとで猛烈な抗議が来るだろうが、シャノンのことを思えば些末事だった。

アラベラは乱暴な振る舞いだと震え上がりながら、使用人たちとともにクレイグたちが部屋を改めるのを見守った。……シャノンの姿は、どこにも見当たらなかったという。

「シャノンが私やお前に何も言わず姿を消すことはない。何かに巻き込まれたか……いや、アラベラが何かした可能性が一番高いな……どこか別の屋敷に運んだと考えるのが妥当だろう。いや……他の可能性もあり得るか……？」

「あらゆる可能性を一つずつ潰していくしかありません」

「人を使うしかない」

「使える者をかき集めます！」

すぐさまクレイグが背を向け、使用人たちに声を掛け始めた。

細かい指示は彼に任せておけば大丈夫だ。もちろん、自分も捜索に加わるつもりだ。使用人たちでは強引に突き進めない場でも、自分なら可能になることも多いだろう。

（シャノン、無事でいてくれ……!!）

第七章　救出

時折浅い眠りに数分落ちるだけの睡眠では、目覚めはすっきり迎えられなかった。窓にはカーテンがなく、白々と明るくなるとすぐさま外を確認する。

見慣れない庭と、景色だ。貴族邸の敷地には見えない。それよりももっと自分に馴染みのある、平民の家の庭に見える。

一階ならば窓を割って外に飛び出すのもいいと思ったものの、この部屋は二階だった。死ぬような怪我はしないだろうが、上手く着地しなければ足を痛めて動けなくなってしまう。そうなれば、逃げ出すことができなくなる。これは最後の手段だ。

ならば扉だ。体当たりして壊すことはできるだろうか。女の力でどこまでやりきれるかはわからないが、何もしないよりいい。ひとまず扉への体当たりを試みる。

大きな音がしているにもかかわらず、誰かがやって来る気配もなかった。

窓から隣家は見えなかった。この音に気づいて誰かがやって来てくれればいいという望みが断たれたことに気づかされ、心が挫《くじ》けそうになる。

だが躊っていても事態が好転するわけがない。ウィルフレッドのところに戻るのだと、シャノンはひたすら扉に体当たりする。

肩がじんじん痛み、襟元を寛げて確認すれば、皮膚が内出血してしまっていた。

(椅子……椅子を使ってみようかしら。でも椅子の方が壊れてしまいそう……)

やってみようと、椅子を摑んで振り上げる。鍵が開けられる音がしたのは、その直後だった。

「シャノン、食事を持ってきたわ……きゃあ！」

使用人とともにやって来たアラベラが目の前に迫った椅子に驚き、小さく悲鳴を上げる。慌てて止まったところ、攻撃されたと思ったのか使用人たちが一気にシャノンを取り囲み、椅子を奪い取って後ろ手に拘束し、床に引き倒した。

顎先と胸元を床に強く叩きつけられ、一瞬息が詰まる。ただの使用人ではなく、それなりに腕に覚えのある者らしい。

「……な、なんて……凶暴、なの……っ？」

青ざめて震えながら、アラベラが言う。どの口が言うのだろうと思ったものの、痛みのせいで上手く言葉が出てこない。

「……し、縛って、おいて……また暴れられたら、怖いもの……」

畏まりましたと使用人たちは頷き、始めから用意していたのか荒縄を持ってきて後ろ手にシャノンを縛りつけた。アラベラはそれでも安心できないのか、足も縛らせた。

そしてベッドの上に、荷物のように転がされる。

「……あ……でもこれでは食事ができないわね……」

「いりません。それよりも私をここから出してください」

「できないわ」

多分その返事しかもらえないだろうことはわかっていたが、落胆はしない。何とかここから逃げ出すだけだ。

決意を強める無言の表情に、何か感じるものがあったのだろう。アラベラは少し怯えた瞳で言う。

「……でも、あなたがウィルフレッドさまのことを諦めると約束してくれたなら、すぐにここから解放するわ。サマーへイズ領にも送り届けてあげるから……」

「そうですか。ならばこのままで結構です」

「このままでいいわけないでしょう!?　ねえ、どうしてそんなに頑なの？　私のお願いを聞いてくれれば、あなたは怖い思いをしなくていいのに……」

アラベラがしくしくと泣き出す。酷い目に遭わされているのはこちらのはずなのに、こちらに虐められているとでも言いたげだ。

「所詮、この娘はアラベラさまとは住む世界が違う下々の者です。ふてぶてしさだけが取り柄なのですよ。お気になさることはありません」

使用人たちの言葉に指先でそっと涙を拭ったアラベラが、悲しげに目を伏せて呟く。

「……そうね。現実が理解できない可哀想な子なのよね……」

何とも言えない腹立たしさに、唇を強く引き結ぶ。何か言い返してやりたいが、これ以上彼女と会話することすら嫌だった。

(罵倒されるよりも、こんなふうに憐れまれることの方が堪えるものなのね……)

「また来るわ。そのときにはどうか考えを改めていて」

「何度来ても同じです。私はウィルフレッドさまの手を自分からは放しません」

悲しげな溜め息を吐いて、アラベラが使用人たちとともに部屋を出て行こうと扉を開いた。直後、聞いたことのある男性の怒鳴り声が近づいてくる。

「アラベラ！　アラベラ、どこにいる!?」

ビクッ、と大きく身を震わせ、アラベラが凍りついたように動きを止めた。使用人たちが慌てて返事をするより早く、男が室内に踏み入ってきた。

「アラベラ！　お前、まだ殺していないのか！」

威圧感のある怒声は、シャノンも思わず首を竦めてしまうほどだ。使用人たちは慌てて膝をついて礼をし、アラベラは真っ青になって小さく震える。

銀髪の青年はまるで見下すようにアラベラたちを見つめたあと、こちらを見る。真正面から顔を確認し、シャノンは小さく息を呑んだ。

「ロイド、さま……?」

「気安く呼ぶな。お前のような下等な者に名を呼ばれると、私の名が汚れる」

典型的な権威主義の言葉に、反射的に謝罪してしまう。ロイドは忌々しげに舌打ちすると、アラベラに詰め寄った。

「ここまでお膳立てしてやったというのに、まだ殺してないとはどういうことだ!」

「ごめんなさい、ごめんなさい、お兄さま……! で、でも、こ、殺す……のは……」

アラベラが震えながら言う。とんでもないことをこの兄妹は計画していたのかと、シャノンは恐れよりも怒りを覚えた。

ロイドが右手で額を押さえ、深く溜め息を吐く。そして妹の顔を覗き込んだ。

「アラベラ。お前はいつまで頭の中がお花畑なんだ? 説得して話を聞いてくれる奴がほぼいないことは、わかるだろう! この娘も、ウィルフレッドと手を切れと言っても、退かなかっただろう!?」

「……そ、それは……」

「私の言った通りだったろう。この娘は何を言ってもウィルフレッドから離れることはない。このままにしておけばいつか奴の子を宿し、正妻としての立場を確立する。そうなれば、いくらお前がウィルフレッドの傍に行けたとしても愛妾止まりだ。あの潔癖な男が、一度迎えた正妻と離縁することなど考えられないからな。お前に心を許したとしても、平等に愛するだろう。この娘がいる限り、あの男はお前のものにはならない」

覆い被さるように顔を覗き込むロイドの顔が、アラベラに影を落とす。

ひどく威圧感を与える仕草は、狙ってしているのだろう。彼女は全身を細かく震わせて、何も言えずに兄の瞳を見返すことしかできていない。

何か異常な雰囲気を感じ取り、シャノンは思わず声を掛けた。

「……あ、あの……っ！　そういう言い方は……な、ないと……思いますが……っ」

ロイドが、じろりとこちらを見返す。

視線が外れ、アラベラが安堵の息を吐いた。使用人たちは逆鱗に触れないよう余計なことを一切口にせず、頭を下げたままだ。

それがシャノンには腹立たしい。アラベラの使用人ならば、主がこんな扱いをされないよう、助言するべきではないのか。

少なくとも、シャノンの周りの者たちや、クレイグはそうしている。そして正しいことならば、自分もウィルフレッドもそれを受け入れる。

上に立つ者とは、そうあるべきではないか。

ロイドが大股で近づいてきた。怒りを隠さない表情は、ウィルフレッドとは違う種の端整さを持っていたために、かなり恐ろしい。

ロイドの右手が、胸倉を掴んだ。拘束されているから抵抗もできず、そのまま引き上げられる。

「……っ!!」

喉が絞まり、息ができない。思わず口を開いて空気を求めるが、手は緩むどころかさらに強さを増した。

「口の利き方に気をつけろ。私に意見するだけの価値が、お前にあると思っているのか？ たかが辺境伯の、しかも統治するために必要だからと与えられた伯爵位だ。私と同じだと思われては堪らんな……！」

このままでは窒息すると身もだえするが、拘束されている両手は外れない。

「……お、お兄、さま……っ、わ、私、席を外します……っ」

今にも絞め殺されそうになっている様子を見るに堪えないと、アラベラが顔を背けながら部屋を出て行こうとする。それをロイドが冷たい声で止めた。

「駄目だ。しっかり見ておけ。お前が手を下せないから、私がしている」

「そ、そんな……私は殺すつもりなんて……ただ、お兄さまがそうしろと言うから……」

「違うな。お前がそう望んで、自分で手を下せないから私が代わりにしているだけだ。この罪は、お前が背負うものだ。お前が私に、この娘がいなくなって欲しいと望んだ」

　息ができない。さらに身を捩るが、ロイドの手は外れない。このままでは確実に死んでしまう。

（ウィルフレッドさま……!!）

　意識が遠のきそうになった直後、ちょうどロイドの背後に位置する窓が、何の前触れもなく割れた。がしゃんっ!!　と激しい音とともに何かが飛び込んでくる。

　それに後頭部を打たれたロイドが、驚いて手を離した。

「な、何だ!?」

　ベッドの上に落とされ、シャノンは激しく咳き込んだ。

　床に握り拳大くらいの石が転がっている。ガラス片も散っているが、ほとんどがロイドに降りかかっていて、こちらにたいした怪我はない。

　状況を把握しようと窓へ目を向けたロイドたちが、声にならない悲鳴を上げた。

「……な……ウィルフレッド……!?」

　窓が蹴破られた。反射的に身を竦めると、誰かの力強い腕に抱き寄せられる。

　何が起こったのかよくわからず茫然とするシャノンを抱き締めて顔を覗き込んだのは、ウィルフレッドだった。

「大丈夫か、シャノン！」

（え……え⁉　ウィルフレッドさま⁉　どうして……‼）

返事をすることもできない。ウィルフレッドはジャケットの胸ポケットから細身のナイフを取り出し、縄を切ってくれた。

一気に解放感に包まれ——無意識にウィルフレッドの胸に縋りつく。

「……ウィルフレッドさま……‼」

ウィルフレッドがすぐに息が止まるほどきつく抱き締め返してくれた。

「……遅くなってすまなかった。辛かったろう。本当にすまない……」

子供のように泣きたくなるのを必死に堪えているため、何も言えない。代わりに潤んだ瞳で首を横に振る。

ウィルフレッドが目元から零れそうな涙を指先で拭い取り、心から安堵の息を吐いた。

「と、取り押さえろ……‼」

いち早く動揺から立ち直ったロイドが、使用人たちに命じる。ウィルフレッドは改めて懐からナイフを二本取り出し、こちらに襲いかかってこようとした使用人に投擲した。

一人は肩に、一人は脇腹に突き刺さる。彼らは傷口を押さえて呻き、膝をついた。

だがまだ二人、残っている。ウィルフレッドはシャノンを一度放すと、走り込んで一気に間合いを詰め、一人の鳩尾に強烈な右拳を打ち込んだ。

がはっ、と胃液を吐き、使用人は白目を剝いて倒れ込んだ。ウィルフレッドの気迫に呑まれた最後の一人は、叫びながらがむしゃらに向かってくる。

ウィルフレッドの目が、鋭く眇められた。振り向きざま右手を伸ばし、使用人の顔を掴む。そしてそのまま近くの壁に叩きつけた。

「寝ていろ」

壁がみしりと嫌な音を立て、彼は白目を剥いて壁を背に座り込む。小さく息を吐いたウィルフレッドが、絶句するロイドとアラベラを見やった。

アラベラは今にも気を失いそうなほどに真っ青になっている。ロイドもさすがに息を呑み、罵倒する言葉も出てこない。

ロイドは後頭部を押さえていた手を外す。その掌にべったりと血がついていた。

軽くふらついたもののすぐにしっかりと立ち、ウィルフレッドを睨みつける。

「……ウィルフレッド……お前、どこから……」

「手頃な木があったから、それを登ってきた」

慌てて窓を改めて見れば、大きな枝だが張り出している大木が確かにあった。

「馬鹿正直に正面から入ったところで、知らぬ存ぜぬと躱されると思っていたからな。不意打ちのために侵入できそうな場所を探していたら、お前がシャノンを殺そうとしていたのを見つけた。……ああ、頭に血が昇って、危うくお前を殺してしまうところだった……」

ウィルフレッドが本気であの石を投げていたら、ロイドの頭が割れていたというのか。

そんなことはあり得ないだろうが、彼ならば可能かもしれないとも思えてしまう。

　アラベラが震える声を押し出した。

「ウィルフレッドさま……!!　わ、私は、シャノンを殺めるつもりなどございませんでした！　お兄さまがそれが一番いいと仰るから……だから私、私……」

「黙れ。加担した事実は変わらない。お前にもロイドと等しく罰が与えられる」

「……そ、そんな……私はそんな恐ろしいことをして欲しいなんて、一言もお願いしなかったのに……!!」

　許しを請うためか、アラベラがウィルフレッドに取りすがろうとする。それを彼は頬への平手打ちで拒んだ。

　大して力を入れたわけではなさそうだったが、アラベラは大きく目を瞠ってよろけ、床に崩れ落ちてしまう。

「触るな。汚らわしい」

「……っ!!」

　蔑みの目を向けられ、アラベラが絶句した。ロイドはそのやり取りを無言で見つめていたが、やがて低く笑った。

「お前一人ならば、どうとでもなる。私がここに連れてきた部下も下にいる。それなりに手練れだ。いくらお前でも、その娘を守りながら多数と戦うのは不利だぞ」

「誰が一人だと言った？　そもそもなぜ私がここに辿り着けたのかわからないのか？」

新たな足音が近づいてくる。今度は誰だと身を強張らせると、ウィルフレッドが抱き寄せる腕に力を込めた。その仕草が敵ではないと教えてくれる。

「――ウィルフレッドさま、お待たせいたしました。外と一階の者たちは、片付けてあります。シャノンさま、お迎えが遅くなりまして大変申し訳ございません」

一礼して顔を上げたのは、クレイグだ。クレイグがロイドに優しく微笑みかけた。

「お邪魔しようとしたところ、色々とけしかけられましたので……私と部下たちで手早く縛り上げさせていただきました。まったく、ロイドさまの部下は行儀が悪いですね。奥さまを迎えにきただけだと説明しましたのに、突然暴力をふるってくるのですから」

「……な……なぜ、お前までここに……!!」

ウィルフレッドが一歩踏み出す。無言の威圧感に圧されたか、ロイドが一歩退いた。

「イーデンにお前の足止めをするように頼むと同時に、お前が動き出したらあとをつけろと命じておいた。私が先にサマーヘイズ領を出たことで、尾行はないと判断したのがまずかったな。あとは、私とイーデンの繋がりを甘く見ていたこともか」

ロイドは言葉を失い、怒りに震えてウィルフレッドを睨みつける。だがウィルフレッドの瞳は、震え上がるほどに冷たい。

「お前は常に自分が上位に立つ者だと考えている。だから自分よりも下の存在は道具としか見ていない。だが私は違う。能力のある者には敬意を払う。イーデンは私に敬意を払い、孫娘の夫として大切にしてくれている。だからこそ、私のために働いてくれる。お前は私とイーデンに負けたのだ」

たかが辺境の下位貴族と馬鹿にしていた者に敗北したと言われ、ロイドの屈辱感はさらに強まったようだ。最後のあがきとばかりに隠し持っていた短剣を取り出し、襲いかかってくる。

シャノンは小さく悲鳴を上げ、せめて自分が盾になれればとウィルフレッドにきつく抱きついた。クレイグがロイドを取り押さえようとするが間に合わない。

ウィルフレッドの目が、嫌悪感に眇められた。

「……本当に、救いようのない馬鹿な男だ」

シャノンの身体を左腕できつく抱き締めながら、ウィルフレッドは短剣を握るロイドの手首に右の手刀を打ち込んだ。

呻き声とともに取り落とした短剣を、ウィルフレッドが受け止める。そして表情を一切変えることなく、それをロイドの左肩に振り下ろした。

根元まで深く突き刺され、ロイドが絶叫する。断末魔のような叫びに身を震わせ、シャノンは反射的にさらにきつく抱きつく。

（何があっても、ウィルフレッドさまは絶対に守らなくては……!!）

「……シャノン、大丈夫だ」

まるで心の声が聞こえたかのように、ウィルフレッドが上体を倒して耳元で低く囁いた。

後ろ髪を柔らかく握り締める抱擁は、全身が彼の身体に包み込まれる感覚を与えてきて、恐怖に強張った心を優しく解してくれる。

「……で、でも……でも」

すぐには納得できず、戸惑いの声しか出てこない。ウィルフレッドは優しく微笑み、瞳を覗き込んだ。

「大丈夫だ。私を守ってくれてありがとう」

ほう……っ、と全身から力が抜けて、崩れ落ちそうになる。ウィルフレッドが危なげなく抱き上げた。

たとえようのない安心感を与えてくれる腕の中で見やれば、クレイグがロイドを後ろ手に縛り上げていた。短剣は肩に突き刺さったままで、ロイドは苦痛に顔を顰めながら抜けと喚いていた。

ウィルフレッドは冷酷な低い声で答える。

「抜いてもいいが、出血が止まらなくなる。ここではろくな手当てもできないぞ。失血死しても構わないなら抜いてやるが」

ロイドが息を呑み、無言で首を横に振った。

クレイグたちがロイドや使用人たちを引き立てる。床に崩れ落ちて茫然としたままのアラベラも、仕草は丁寧ではあったものの一切の優しさはなく同じように連れて行かれる。

アラベラがようやく我に返ってウィルフレッドに取りすがろうとしたが、クレイグたちに阻まれた。

「ウィルフレッドさま！　私、こんなことになるなんて思いもしなかったのです……！お、お兄さまがここまでするなんて……！」

「だから自分を許せと？　何か勘違いしているようだからはっきり言おう、アラベラ。お前はすべてきちんと理解している。兄がどれだけ非道なことをしてきたのかも知っていて、私にそう言っている。無垢な令嬢の姿で見たくないものには目をつぶり、聞きたくないものには耳を塞ぐ——そうやって作り上げてきた純真さは、正しい純真さではない」

「……そ、そんな酷いことを仰らないで……。わ、私はウィルフレッドさまをお慕いするがゆえに……！」

ウィルフレッドの瞳が、さらに冷たく光る。アラベラが息を呑んだ。

「ならばお前が理解するまで何度でも言うしかない。私はお前のことは何とも思っていない。私が愛するのはシャノンだけで、それ以外は誰であろうとあり得ない」

間違えようがない言葉ではっきりと拒絶され、アラベラは大きく目を見開き、絶句した。

同情心が少し湧いてきたが、ウィルフレッドが彼女を嫌悪する気持ちの方が十二分に理解できる。

「連れて行け」

冷酷な命令にアラベラはもう何も言い返さなかった。

ウィルフレッドに抱き上げられたまま外に出る。平民の家と思われたここは、メイウェザー伯爵家に仕える使用人の家だと教えられた。

行儀良く待っている馬の一頭に、ウィルフレッドが向かう。気持ちも落ち着き一人で歩けると言ったが、下ろしてもらえなかった。

「駄目だ。医者に診てもらうまではこうしていく」

馬に乗せられ、背後にウィルフレッドが乗る。逃げ出そうとあれこれ試したために怪我をしているが、そんな大げさなものでもない。自国で農作業をしているときに負う怪我と大差ないものだ。

「大丈夫です。さほどの傷ではないので……」

「駄目だ」

いつになく頑なな言葉に驚き、振り返ろうとする。だがそれよりも早く背後から抱き締められた。

「無事で、良かった……」

肩口で溜め息を吐くように低く囁かれる。とても心配を掛けてしまったことに気づかされ、無事に彼のもとへ戻れたことを実感し、シャノンは胸元にすり寄った。

ウィルフレッドが馬をゆっくりと走り出させながら、左腕で抱き返してくれる。温もりが、心地よい。

「ウィルフレッドさま、助けに来てくださってありがとうございます」

見上げて笑顔で言うと、ウィルフレッドが額に優しいくちづけをくれた。


怪我の度合いは思っていた通りの軽傷で、医者の見立てでは数日もすれば傷痕もなく綺麗に治るとのことだった。打ち身の方も湿布薬を塗って数日安静にしていたら、跡形もなく完治した。……その間、ウィルフレッドはベッドから出ることを良しとせず、食事や入浴の世話を自ら率先して行い、少々困ったくらいだ。

治るまでは一時も目が離せないと仕事もできる限り自邸でし、ベッドの傍にサイドテーブルを用意させて執務をしたほどだ。愛情深い人だとは思っていたが、加えて相当な過保護なのかもしれない。そんな新たな発見ができて嬉しかった。

もういつも通りの日常を送っていいだろうとウィルフレッドに言ってもらったその日、シャノンは祖父へ、今回の件についての顛末や感謝の気持ちを手紙に綴った。

本当ならば、直接会って話をしたい。だがあと数ヶ月後にはウィルフレッドの妻となり、グロックフォード公爵夫人となる。準備の時間は足りないほどで、王都を離れることはできなかった。

婚儀を終えたら新婚生活を楽しむために、ウィルフレッドは休暇を取ると言っている。おそらく一週間程度になるだろうが、その時間をサマーヘイズ領で過ごそうと提案してくれていた。

アラベラとロイドはシャノンを監禁し、殺害しようとした罪で罰せられた。これまでロイドの卑劣な手段によって辛酸をなめさせられていた貴族たちが、これを機に次々と告発してきたことも、罪状を重くした。何よりもウィルフレッドに刃を向けた事実により、爵位を返上され、財産を没収された。

平民となった二人は王都より遠く離れた地で、罪人として強制労働などの罰を与えられる。そして没収されたメイウェザー伯爵家の財産は、ウィルフレッドが管理することになった。……かなり重い罰と言えた。

ウィルフレッド自身は、自分の妻を——そしてまだ見ぬグロックフォード公爵家の跡継ぎをも害しようとした罪により、二人に死を与えるべきだと思っていたらしい。

何はともあれ、これで彼を害しようとする者は当分の間、現れないだろう。そのことに安堵する。

（でも……これが高位の貴族社会というものなのだわ……）

領民と家族のように仲が良かったサマーヘイズ領とはまったく違う。

そういう世界でこれから生きていくのだ。そして自分がウィルフレッドの弱点になってしまうことも、今後、また出てくるだろう。

(私はもっと頑張らなければいけないわ)

何をどう頑張ればいいのかはまだよくわからないが、彼に少しでも安心してもらえるようにならなければ!

祖父への手紙を書き綴ることで、決意を新たにする。

封をしたそれを出してくれるよう使用人に頼むと、ウィルフレッドが帰宅した。予定では夕方頃までかかると言っていたが、思った以上に早い。

玄関ホールまで出迎えにいこうとしたが、彼がこちらにやって来る方が早かった。すぐさま抱き寄せられ、唇に甘いくちづけが与えられる。

まだ部屋に残っていた使用人が目元を赤らめ、慌てて退室した。

「……ん……ん、ん……っ、ウィルフレッド、さま……っ」

お帰りなさいの挨拶をしたくとも、舌を搦め捕られたっぷりと味わわれてしまうとできない。しかもウィルフレッドが身を屈めないで抱き締めてくると、足が軽く浮き上がる。

「……ん……ん……んぅ……っ」

結局満足するまで長く深く激しくくちづけられ、ようやく唇が離れたときには顔が赤く

なり、息も乱れてしまっていた。彼からのくちづけにはだいぶ慣れたと思ったが、どうやらまだまだだったらしい。ぐったりともたれてしまうと、髪を優しく撫でられる。

「陛下が君に、私と見合った爵位を授与するそうだ」

「……え……？」

「君を下級貴族だと蔑む者がなくなるようにと考えてくださった。私との婚儀に向けて、これ以上同じようなことが起こらないようにと」

思ってもみなかった知らせだ。驚きに大きく目を瞠ったものの、すぐにハッと我に返って頰を引き締める。

「改めて陛下にお礼のお手紙を書かせていただきます！　私も卑劣なことには絶対に負けません。同じようなことが起こっても、今度は自力で逃げ出せるようにします。私、やはり体術もしっかり会得したいです！」

今度はウィルフレッドが大きく目を瞠る。そして弾かれたように笑った。

何か変なことを言ってしまったかと慌てるが、ウィルフレッドは嬉しそうだ。

「……あ、あの……申し訳ございません。私、変なことを言ってしまいましたか……？」

「いや、とても頼もしいと思っただけだ。やはり私の妻は、君しかいない」

ウィルフレッドが唇に柔らかくくちづけながら、蕩けるほど甘い声で続けた。

「愛している、シャノン。君と出会えたことが、私の一番の幸せだ」

終章

ようやく歩けるようになった三男は、兄たちが庭でウィルフレッドに稽古をつけてもらっている様子を窓から見るなり、一目散にそちらへ向かった。

とはいえ、大人と手を繋がなければどこかに躓いて転ぶことは必至だ。シャノンは苦笑し、手を引いて息子を望む場所へと連れて行く。

木で作られた模擬剣は、まだ長男にも次男にも大きすぎる。それでも早いうちから剣の重さに慣れていた方がいいと、夫は子供だからとて容赦はしない。

ウィルフレッドは右腕だけで、二人の息子を相手に、稽古をつけている。息子たちは必死で父親に食らいつき、圧倒的な力の差を自覚しながらも何とか一本取ってやろうという気概に満ちていた。逞しい子たちだ。グロックフォード公爵家と次男が継ぐことになるサマーヘイズ伯爵家の未来も、安泰だ。

見守っていたクレイグがシャノンに気づき、礼をしてくる。邪魔をしないように何も言わずに近づいたのだが、ウィルフレッドはすぐに顔を上げ、優しい微笑を見せた。

三人の子を持ち、四十歳を過ぎたというのに、相変わらず妻をときめかせる凛々しく魅力的な微笑だ。ドキリと鼓動を震わせているとウィルフレッドが歩み寄り、柔らかく唇を啄んだ。二人の息子がその瞬間を逃さず、父親の背中に跳躍して模擬剣を振り下ろす。

ウィルフレッドは素早く妻を左腕に抱え込みながら振り返り、息子たちの攻撃をあっけないほど簡単にあしらった。ついでのように小さな頭を模擬剣の先端で連続して軽く叩く。

「まだまだだな」

「……うー……また負けた……」

「仕方がないよ。次、頑張ろう！」

二人の息子が互いに励まし合う。すると三男が兄たちに走り寄り、模擬剣に興味を示してぺたぺたと触り始めた。

弟も同じことに興味を持ってくれたことが嬉しいのか、二人が兄貴風を吹かせて手取り足取り教え始める。

「クレイグ、見てやってくれ」

クレイグが頷き、三人の面倒を見始めた。ウィルフレッドはシャノンを抱き寄せたままでその様子を見守っている。見上げる横顔は穏やかで優しい。

変わらず厳しく恐ろしい騎士団長と言われているが、自邸ではこんな穏やかさが普通だ。

「……どうかしたか？」

横顔をじっと見つめていると訝しげに問いかけられる。シャノンは柔らかく微笑んで言った。

「……いえ。とても穏やかなお顔をされていたので、見惚れていました」

「君のおかげだな。君がいて、息子たちがいてくれるから、こういう顔になれる」

ちゅ……っ、と頬にくちづけられ、くすぐったさに小さく笑う。そのくちづけが唇に移動したのはすぐだった。

「――あ、クレイグ！　父上と母上がまた仲良くなっていらっしゃる！」

「いいですか。そういうことは見て見ぬ振りをするのがマナーなのです。お二人が仲が良いのはとてもいいことですから」

「そういうものなの？　あ、ねえ、僕、そろそろ妹が欲しいなぁ」

「あ、兄上、僕も知ってます。父上と母上が仲がいいと、兄弟が増えるんですよね！　僕もそろそろ妹が欲しいです！」

「う？　う？」

――息子たちの会話が聞こえて慌てて離れようとするものの、ウィルフレッドのくちづけはなかなか終わらなかった。

あとがき

本作品をお手に取っていただき、ありがとうございます！　舞姫美《まいひめみ》です。

正式にはまだ婚儀を挙げていないのに「俺の嫁！」扱いしている、高潔だけれどシャノンにメロメロすぎるウィルさまと、働き者で奥さんとして認められるように頑張る健気なシャノンの、ラブラブでちょっと事件もあるお話となりました。特に私は最初の真っ裸の初対面シーンがお気に入りです。イラストになってウハウハです。二人の身体がいいですよ、堪らんです！　ウィルさまは無自覚に嫁を褒め甘やかし、嫁に対してのみ絶倫というけしからん（笑）方だと思います。もう一人くらい、子供ができそうです……。

見事な体格差のみならず、美人なシャノンと涎垂れそうな凜々しい短髪ウィルさまを描いてくださった氷堂《ひどう》れん先生、ありがとうございました！　どのイラストも眼福ものです。

そして悩みのシーンにいつも的確アドバイスをくださる担当さま、今作品をお手に取ってくださった方、どうもありがとうございます！　少しでも楽しんでいただけて、甘い幸せを感じていただけたら嬉しいです！

またどこかでお会いできることを祈って。

舞　姫美拝

高潔《こうけつ》すぎる騎士団長《きしだんちょう》ですが
新妻《にいづま》への独占欲《どくせんよく》を我慢《がまん》できない

ティアラ文庫をお買いあげいただき、ありがとうございます。
この作品を読んでのご意見·ご感想をお待ちしております。

✦ ファンレターの宛先 ✦
〒102-0072　東京都千代田区飯田橋3-3-1
プランタン出版　ティアラ文庫編集部気付
舞 姫美先生係／氷堂れん先生係

ティアラ文庫&オパール文庫Webサイト『L'ecrin《レクラン》』
https://www.l-ecrin.jp/

著者——舞 姫美（まい ひめみ）
挿絵——氷堂れん（ひどう れん）
発行——プランタン出版
発売——フランス書院
〒102-0072　東京都千代田区飯田橋3-3-1
電話（営業）03-5226-5744
（編集）03-5226-5742
印刷——誠宏印刷
製本——若林製本工場

ISBN978-4-8296-6944-0 C0193